両性識有

男が男であり、
女が女である不思議

望月泰宏

YASUHIRO MOCHIDUKI

文芸社

両性識有

◆

contents

Introduction ／ 005

Chapter 1　ファッション／ 009

Chapter 2　むだ毛処理／ 028

Chapter 3　ヘアスタイル／ 035

Chapter 4　メイク／ 041

Chapter 5　ネイル／ 050

Chapter 6　スキンケア／ 056

Chapter 7　第三次性徴／ 065

Chapter 8　スタジオ撮影／ 074

Chapter 9　ウォーキングレッスン／ 090

Chapter 10　パラレルな風景／ 098

Chapter 11　現在位置／ 114

Chapter 12　魅力と愛／ 130

Chapter 13　終章・在り方／ 147

望月泰宏＝moya

その名付け親は高校当時の同級生Tさん。
曰く理由は三つ。
○姓と名の頭文字
○存在がもやもやしているから
○いつも何かもやもや考えていそうだから

言い得て妙なそのセンス、気に入って今でも使わせて頂いております。

introduction

男性として、婦人服と女性下着に興味を持った思春期の頃。
当時のそれはあくまでも性的な対象。
いずれそれをmoya自身が普通に身に付けるとは想像することもなく。

昔、アルバイト先の上司に呑みに連れていってもらった、その2軒目がゲイバーでした。人生初のゲイバー。イマドキみたいなキレイかわいいお姉さまではなく・キモかわいい(?)お姉さまばかりの空間。見た目は?でも、話を面白おかしく場を盛り上げるのは手慣れたもの。ホステスとしてのプロ意識から出てくる言葉には、なるほど見識の広さが見て取れます。でもその奥底に……。異端にいる自覚と偏った意識のような、どこかにスネた部分があるのを感じさせます。

そんなことを思いながら、野太い声のお姉さまに囲まれた年若いmoyaは怯える小羊を演じます。

「かわいいよね！　メイクしたら絶対映えるよ!!」

「おー、してもらえしてもらえ♪」


moyaは固く目をつむり、唇を巻き込むように固く口を閉じ……。

非協力的な態度でも、さすがお店のお姉さまはそれなりに仕上げてくれました。

moyaは鏡をのぞきこみ……、まぁかわいい……かな……。横にいるきもカワイイ系のお姉さまよりはいいんじゃない?!　でも……、moyaの年齢・年代なら、誰でも……とはいかなくても、そう珍しいことでもないでしょ？

心でそんなことを思いながら、微妙な表情で固まった風を装うmoya。

素直に認めてはいけないような気がして、その場限りのこととして、特に意識されることもなく時は過ぎてゆきます。

30代のあるとき、女性ホルモンを摂ってみようと思いつきます。女性が好き、だけれど今moyaの身辺に性対象としての女性を感じさせてくれる人はいない、やっぱりおっぱい恋しい！　だったら自身を女性化させちゃおうか……。

エストロモンという女性ホルモンをネットで購入、何か月か飲んでみたら……、しっかり胸が膨らんできました。どこまで行くのか……と思っているうちに買った女性ホルモンは終わり、おっぱいの成長もそこ……AAカップでストップ。

1年くらい女性ホルモンを摂らず普通に生活していたけれど、おっぱいはAAカップのまま成長しなければしぼむ気配もない。

もう一度女性ホルモンを摂ったらAカップくらいまで成長してくれるかな？

……女性ホルモン……こんどはプエラリアミリフィカというものを、再投与開始。その後「低容量ピル」やバスト成長のサプリとか、いろいろ摂ってみます。

女性ホルモンを摂ってみようと思い立ったその頃、髪を短くしていました。短くというよりも、剃って無くしていました。世にいうスキンヘッド・坊主頭。当時は生活に余裕なく、とにかく固定経費を抑えたい……切実な一心で。そうして過ごしてみると、短いとお金がかからなければ手間もかからない、とにかく楽ですね。

楽だったのだけれど、生活に少し余裕が出てきて少し色気づいたmoya、髪を伸ばし始めます。サラサラのストレートにしてみようかな……って。

中学生のころからテンパー（天然パーマ）で、ストレートパーマをかけても1日で元通りの頑固なmoyaの髪。縮毛矯正かけたらもう少し思い通りにできるのかな……。

ファッション

Chapter 1

◆導入期

男子の部屋着、moyaはデニムパンツにTシャツが鉄板でした。

それに不満があったわけではないけれど、「木綿やフリースのワンピとか……、ズボンを穿かなくていい分、すっごく楽そうじゃない?!」当時30代のmoyaがふと思いつき。

「ユニクロ」さんで、かわいすぎないシンプルな感じのスエットパーカーワンピを見つけて買ってきます。そのほうが楽そうだから……って、新しい試み。

moyaの180㎝って身長だと超ミニになっちゃうんじゃないかって心配だったけれど、まぁまぁ普通。そしてその部屋着は大正解♪　楽で快適、洗濯にも面倒がない。ワードローブにレディースが加わります。

レディース衣料にチェック入れるようになると、雑誌・web広告・店頭……あれもいいな・これもいいな……。ジャージワンピ・ポロワンピ・シャツワンピ……。店頭で物色したり試着する勇気はないからネットで、XLならまぁ入るんじゃ？　……サイズが合いそうなものを、かわいすぎないシンプルな感じのものを探してクリック注文。

届いたワンピを見て思わず笑います、「これを僕が着る？」現実感がないことこの上なし。無反応な家族の前とはいえ、毛ズネ晒してうろうろするのもどうかと思ってとりあえず剃ってみたり、むだ毛処理した足を晒してうろうろするのも男子っぽくないと思ってみたり。紆余曲折が始まります。

1枚・また1枚・色違いをもう1枚と買っていくうちに、いつしか10種類を超える洋服がワードローブに揃います。

……どこに着ていくわけでもない洋服ばかりこんなに買い揃えて、moyaはどうしようっていうんだろう……。

でもそんなに違和感ないんじゃ？　今度洋服を買うときは着て出かける前提で選んでみようかな。バリエーション・選択肢が少なく変化に乏しいメンズワードローブ、流行だってレディースの後を追うばかり。もうそれじゃつまらない！

◆スカートではじめてのお出掛け

濃色系のマキシスカートでした。パッと見には太いパンツと区別がつかないんじゃない？……なんて自分に言い訳しつつ励ましつつ。いざ出掛けてみれば、全然違和感がない。

男性がスカートを穿くと「スースーする」なんてよく表現される気がするけれど、部屋着として着ていたから？　マキシだったから？　よくわからないけれど、拍子抜けするほど違和感がない。

脚を出してみたのはフレアパンツ＝キュロットスカートが最初。メンズのショートパンツだと思えば……なんて気負いには及ばず、やっぱり違和感がない。

いよいよミニスカート。丈はフレアパンツと変わらないから大丈夫！……なんて気負いには及ばず、ミニスカートの外出もやっぱり違和感がない。

違和感なさ過ぎて、うっかり階段を気遣いなく登ってから「今後ろに人がいたら見せちゃってた!?」なんて慌てたり。ww

そうしてミニスカートも穿くようになると、下着を見せるつもりじゃなくても見えちゃうこともあるでしょう。見られちゃうことも考えておかないと！

いわゆる「見せパン」……清潔感のある白は定番だし、ボーダー柄だったり、クマさんプリントだったり、レース使いのショーツだったり……。

見せパンだけじゃないよね、ガーターストッキングだって見せる下着っぽいし。それならレッグウエア全般、脚を細くキレイに見せたいからストッキング・タイツ・レギンス・トレンカ・ニーハイソックスorブーツ……最近はタトゥーストッキングだってあるよね！

生脚に憧れる男性の目線と、生脚に躊躇する女性の意識、肌で感じています。

ワードローブがだんだん増えていきます♪

◆ブラ

女性ホルモンを摂りはじめて2年くらい経った頃。当時のAAカップくらいじゃあそのままでも不便はないけど、おっぱいを育てるためにもブラジャーを着けてみようと思いつき。

100円ショップでスポーツブラっぽいものを見つけて買ってみたけれど、それはどちらかというと短いタンクトップ、サポートしてくれている感じがしません。

ワイヤー入りブラっていいのかな……使ってみればわかるでしょうとネットで買ってみ

ました。そのサポート感はとても心強いのだけれど……跡が残るほど強く押し付けられるって、きっと人によっては相当なストレスなのでしょうね。

ブラジャーで検索すると、初めて聞く単語がたくさん出てきます。そんなひとつ「モールドカップ」？？？……一体成型でアウターに響きにくく、キレイな丸みを形作れるものなんだそう。

脇などに逃げやすいお肉を逃さず＝寄せて、キレイで少しでも大きな丸みを作り＝上げて、アウター・シャツの上に響かないように。

ブラってただの下着じゃない、「補正下着」「機能性下着」って能力も求められるんですね。それを肌で感じ理解することができました。

寄せて上げるには？　ブラは進化し、おっぱいは育てるものなんですね！

……といっても、最近よく見るカップ付キャミも楽でいい感じだし、自宅用なら夜用ブラが良さげかな？　AAでもカパカパしないし。ww

◆ファッションの面白さ

部屋着としてだけじゃない外出用のワンピ……。キッチリした印象の紺色ワンピ、華やかな印象のリゾートワンピ、可愛らしくミニワンピ……。あれもいいな♪　これもかわいい！　目移りしちゃってきりがないけれど、正直楽しい♪

そうしてワンピースがいろいろ揃ってきたけれど、レディースファッションはワンピだけじゃない！

ボトムスのスカートひとつとっても、ミニ丈・ヒザ丈・マキシ丈……、最近はアシメ（アンシンメトリー）もあるし、タイト・シフォン・フレア……、デニム・サテン・レザー……。そのスタイル・素材・色は星の数。

インナー＋トップス＋ボトムス＋アウター＋シューズ＋アクセサリー＋バッグ……。

それぞれに無限ともいえる選択肢があって、それぞれの組み合わせ方・着方・使い方で印象がまた違ったものになるし。色遣い・配色から……、季節感・ウエストラインの演出・ボリューム・ポイントの置き方……、コーディネートを楽しめなきゃわざわざレディースを着る意味がないでしょう！

どれも正解があるわけじゃない、自分がいいと思えばそれでいいのだけれど。当時moyaがいいと思ったスタイルも、今見てみるとどうにもイタかったり、「変」だったり。なかなか難しく、おもしろいものです。

◆ブーツカットパンツ

衣類は完全にレディースを意識するようになって、その影響は仕事着にも。メンズのスラックスを普通に穿いていたけれど、どこがどれほど違うのかな？　試しに穿いてみようと、レディースのパンツを買いに行ったmoya。紳士服店のレディースコーナーで、ヒップサイズから合うパンツを探します。

とりあえず試着してみたそれは……、11号。11号？　それってサイズ⁇　ちょっとだけ小さかったのでもうちょっと大きいものを……、「12号ってありますか？」店員さんに聞きました。

そこで教わりました、9号の上は11号、その上は13号……。ひとつ飛びの奇数で言うんですね！　全然知りませんでした；

レディースの股上が浅いローライズのブーツカットパンツって、ヒップラインをキレイに演出できて足も細く長く見えるんですね！　立ったとき、足の間に隙間が見えるのがなんか嬉しい♪　ちょっと感動！

無理はなかったので11号を、黒とグレーそれぞれに選びます。何より、そのスタイルに一目ぼれ♪　仕事用に、迷わず購入。

レディースの股上が浅いローライズスタイルに対して、メンズのローライズスタイルはパンツを下へずらして穿くもの、中には腿穿きなんて方も見かけます。

それはレディースの股上が浅いローライズスタイルから、「ウエストラインを下げること」だけをマネした結果なのでしょうか。脚を美しく見せること、本来の目的を文字通り履き違えている……とは穿ちすぎでしょうか。

最近では普通のメンズスラックスにもキレイなシルエットの細身なパンツを見かけるようになりました。でもそのヒップポケットに膨らんだお財布を無造作に突っ込んでいたりして；　キレイなヒップラインを演出できるせっかくのパンツなのに、下着に気を使うどころじゃないその姿は見ていて残念；

なんだかどちらも男性の幼さ・至らなさを晒しているようにも見えてきます。

◆下　着

ローライズのブーツカットパンツ、ヒップラインがそのまま表に出るそれは、下着に気を使わないわけにはいきません。

それまではボクサーブリーフ愛用者でした。その上にブーツカットパンツを穿いてみたけれど、いかにもヒップラインがもたついています。

そうなると下着にも気を遣わないとね。表に響かないもの……、女性用下着はさすがそういうところにも気が配られています。シームレス……縫い目が表に響きにくい縫製になっていたり、Tバック……形が工夫されていたりします。

一般的にエッチな意味合いで比喩・揶揄されることが多いTバック。でも本当は……必要だからこそ考えだされた、とても合理的な下着なんですね！

そうなると課題になるのがペニスの納め方、腰回りがタイトなパンツでそれが上向きだとどうしても目立ってしまうので、下向きに納めることにします。

下向きに股当て布＝クロッチ部分でおとなしくしていてくれればいいのだけれど、男性用と比べて微妙に狭いクロッチはやはり落ち着きが悪い。何かの拍子に横から顔を出したりされると、仕事中にお客様と接しているときなんかは直すこともできなくて、どうにも気になります。

どうしたものか……。考えつつ検索していたら、「ペニストッキング」というものを発見。ストッキング素材でペニスを固定できるものだそう。ニッチ市場の今までにない新しい商品だね？　使ってみたら違和感がなくて、顔を出す・出しそうな不安がなくて、とて

も納まりがいい♪

「ペニストッキング」……お手洗いがちょっと面倒になるけれど、それが普通の女性の手間だと思えば面倒だなんて言っていられないでしょう。ww

◆オーダーパンツ

その頃はヒール1～2㎝の普通紳士靴を履いていました。体格に恵まれたmoyaは裾上げ無しのそのまま＝股下80㎝でよく、吊し品のブーツカットパンツを買ったりしていました。やがて靴に気を遣うようになりヒールが上がってくると、もう5㎝股下丈が欲しくなります。ブーツカットパンツのきれいなシルエットも、丈が短いツンツルテンじゃあ台無し。あちこち見て回って、ネットでも探してみたけれど、股下丈80㎝以上っていうのが本当に無い（当時）。

吊し品をあきらめたmoyaは、「HANABISHI」さんでパンツをオーダーで作ってもらうことにします。股下は85㎝。他いろいろ採寸してもらって、使う生地やベルトホール数やポケット位置や裾処理や……。オーダーシートに記入して、待つこと数週間……。完成してきました！　お店でためしに穿かせてもらって……「これです！　探していたスタイルがやっと手に入りました!!　ありがとうございます♪」……店員さんへとにかく感謝を伝えます。

店員さん曰く……「こんな浅い股上は請けたことがなかったから、大丈夫なのかなーって心配だったけど、今穿いて見せてもらうと決まってるね！」。

◆カーディガン越しに見えた風景

その頃の仕事中、グレーに細いボーダーの入ったロングカーディガン姿のmoya。

同僚女子が着ていた、バックプリントの入ったかわ・かっこいいカーディガンが目にとまります。「それどこの?」って聞いたら「アルゴンキンの」って教えてくれました。

帰って検索……、かわ・かっこいいバックプリントと個性的なデザインの「新作?」カーディガンを見つけて、早速注文……。商品到着。早速着て行ったカーディガンを同僚女子に見せびらかし。

「いいっしょ♪」

「いいないいいな〜♪」

毎日そのバックプリントはまずいでしょ〜と、次の日は紫無地のロングカーディガンを着て行ったのだけれど。直属上司から強く腕をつかまれて忠告受けました。

「ちょっとまずいよ〜、昨日も（派遣先上司に）言われちゃったんだからー、『あれで得意先に行っているのか⁉』なんて……。僕はいいけど、moyaさんにとって不利だよ……」

そう聞いた瞬間に強い違和感。

「は？　moyaにとって不利？　そんな我が身かわいさに保身に走るような人間だとでも？」なんて一瞬思ったけれど、moyaのことを気遣ってくれているのにそんな買い言葉のように返したらいけないよね……。

「最近着ていたグレーにボーダーのカーディガンもダメですか？」

「あ〜ごめん、どんなのだっけ？　とりあえず着替えて……」

紫無地のカーディガンから、社名入りのペラペラな青色ジャンパーに着替えます。

同僚女子はよくってmoyaはダメ⁉　その直属上司さんだってカーディガンなのにmoyaはダメ⁉　制服着ていない女子もいるのにmoyaはダメ⁉

……って、その発想は誰の利益にも何の解決にもならず、（moyaの中に）禍根を残すだけ。

自分ではいいと思っていても、ＴＰＯはわきまえないとね。ww

例えば中高生の制服、その着方や指定外だったりするのを注意したり、されたり。似たようなことをやっているね。www

（moyaが買ったカーディガンはもう売り切れていました〜レアアイテムGET！）

◆緑からピンクへ

十数年前……。カラーコーディネーターの教室で、それぞれのイメージカラーを話しているときに、moyaのカラーは全員一致で緑！

なんとなく好きな色のひとつに過ぎなかった緑が、自他ともに認めるmoyaのイメージカラーになった瞬間でした。それからは全身緑一色！　なんてことはないけれど、何か色の選択するようなときには迷わず緑！

そして……、レディースを意識し始めた最近。

ピンク色って縁がなかったけれど、使ってみるととっても使いやすくてきれいな色だったんだね！　……なんて発見。

いきなりピンク一色！　なんてことはないけれど、ピンク色を気に入ってポイントポイントに使い始めます。

ピンクの範囲は徐々に広がって、ピンクのシフォンミニとピンクのニーハイブーツを履いて参加した、とあるイベント。「moya のイメージのピンク色が伝わってきて……」なんて話題が出されました！

moya のイメージカラーが緑からピンクへ変わった、そのことを強く意識した瞬間でした。少なくともピンクというかかわいい色が似合うようになってきたってことじゃない？ やった！ それをうれし楽しく思う感情に違和感はないよ♪

髪型を変えたり新しい洋服をおろしたりしたときって、それが人の目にどう映っているのかすっごく気になります。

「かわいいね！ いいね！」とか声をかけてもらえるのってこれほど嬉しいものなんだね♪

「いいね！」と言ってもらえたら素直にそれを喜んで、「こうしたほうがいいんじゃない？」と言ってもらえたら改善提案として素直に受け入れて、ノーリアクションであれば気にしてないフリで澄まして装う。あるときは繊細に、あるときは大胆に、あるときはふてぶてしく。www
会ったその人の印象が少しでもいつもと違うように感じたら、「あれ、何か変えた？」率直にその場で聞くようにしようと誓うmoyaです（「何も変えてないよ！」なんて笑われちゃうこともあるけれどww）。

◆グラディエーターサンダルデビュー♪

女性の足のサイズにはそれほど個人差がないんですね。背の高い女性も多くなってきて、大きいサイズの需要もあると思うのだけれど、お店に並ぶのはＳ・Ｍ・Ｌ・LLの４サイズばかり。それで女性の大半をカバーできてしまうのでしょう。

27～28㎝というmoyaの大足に合うようなかわいらしい靴、探すだけで一苦労。仕事向けなローファーは「ヒラキ」さんでかわいらしくサイズが合うリーズナブルなものを見つけたけれど、パンプスやヒールブーツなんていうと本当に見つけられません。

次の呑み会、そのときに着ていくものを考えていたら……。どーしてもグラディエーターサンダルが欲しい！

いろいろ見比べてデザインを絞り込んでいって、欲しいサンダルのイメージはできたのだけれど、やっぱりmoyaの足に合うサイズがない。

探す中でサイズオーダーはもちろん細かな注文にも対応してくれそうな「ファンタスティックスタジオ」さんを見つけて、イメージに近いモデルを基本に製作依頼。「厚底にはできません」ということだったけれど、木目調のウエッジソールに、天然牛革指定にホワイトへ色変更……。呑み会には間に合わなかったけれど、ようやく完成！

履いて出歩いてみて、「グラディエーターサンダルって思ったよりベルトが食い込むんだね？……。あまり長い時間は歩けないかも……。それに後ろファスナーでも脱ぎ履きが結構手間かかるね；」なんて思ったり。

河原のバーベキューに履いて行ったときは「小石が足の裏に入り込んじゃって痛い！……このサンダルは舗装路面専用だね；」なんて思ったり。バーベキュー後に同僚女子から「あのサンダルいいね～今度貸して？　ww」なんて。そう言ってもらえるのって、ちょっとうれしい。

そんな「ファンタスティックスタジオ」さんは本当にありがたく、また心強いです。お気に入りが増えました♪

◆オックスフォードブーティー

一目ぼれした「ファンタスティックスタジオ」さんのオックスフォードブーティー。

発注して待つこと数週間……。商品が届きました！

「ファンタスティックスタジオ」さんは福島の企業、震災でいろいろあったでしょうに、きちんと仕上がった良い商品をきちんと届けてくれる。うれしいですね！

かたどりした足型を送って見てもらっただけのことはあって、本当に足にぴったりです!!

仕事なんかに履いていくのがもったいない！　……といって、プライベートの出番を待って寝かせておくのはもっともったいないかも。

結局これを履いて仕事に行ったけれど、先ず思ったのは……目線が高い！

このヒールは７㎝。７㎝でも、目線を上げるには十分な高さがあるのですね。

いじってくる＝小馬鹿にして嘲笑してくることが多い他部署先輩男性社員さん、目ざとく見つけてきます。

「なんだおめぇその靴は！　ww」

話に合わせて道化を演じていたけれど、きりがない・付き合いきれないと思ったmoyaは黙殺・無視。いじりに話かけてきたことが明らかなら、相手にしないことも手段でしょ。

その先輩男性社員さんが発信源なのか、社内で顔を合わせるいろんな人がいじってくるようになりました。

次の日。ローファーで出勤したら、最近いじってくることが増えた他部署課長。

「今日はあの靴は履いてないの？　あの靴は……、えーと……」

「あれはオックスフォードブーティーって……」

「おかまの靴！　おかまの靴は履いてないの？　www」

おかまというのを蔑称にして、moyaを蔑み・嘲りたいようです。

一瞬でも真面目に靴の名前を答えようとしたmoyaが馬鹿みたい。哀しみを味わいつつ会釈してその場を離れるmoya、そこでデジャヴを感じます。


あれは……、小学生のころ、確かに味わった感情。

「無神経に周りをいじるばかりのこんなこどもっぽい集団はいや。でもmoya自身こどもなんだからしょうがないよね。早く大人になりたいね」。


大人になって同じ感情を味わうとは思いもしなかったよ。今度は早く何になりたいと言えばいいんでしょう。ww

◆初浴衣

練習をかねて、初めて袖を通してみました。

マニュアル見ながら見よう見まねで着付けること1時間あまり……それなりの形はできたようです。

その日は地元の花火大会、メイン会場は遠いけれど、花火が見える近所の橋の上までちょっとお散歩。

浴衣って……、涼しげな見た目と裏腹に、思った以上に暑いものなんですね。しっかり汗をかいてしまいました；

時間は短かったから着崩れることはなかったけれど、帯の結び方はもちろん、下前位置やおはしょり具合……。奥が深そうです。

着てみたら、色・柄もより一層気に入りました♪

基本はなんとなくわかったし、また着てお出掛けしてみたいですね。

Chapter 2

むだ毛処理

◆毛抜き

ファッションが女の子を意識したものにだんだん変わってくると、眉毛も気になってきます。黒々とした毛量と存在感のある、手入れされていない太目の眉毛。それはありがたく、男らしいのかもしれないけれど、間違ってもかわいくは見えない。

姉に聞いてみたら「毛抜きで1本1本抜いて形を整えてるよ」って教えてくれました。そこで早速100円ショップで買ってきた毛抜きを片手に鏡へ向かい、細くかわいげのある眉毛に近づけていきます。

そうしたらそれがなんかすっごくいい！

仕上がりイメージに近づけやすいし、その形を長くキープしてくれます♪

それからは……眉毛に限らず、むだ毛処理に「毛抜き」が大切なアイテムになりました。

◆脱　毛

眉毛の手入れをするようになると、スキンケア・基礎化粧・ボディライン……。いろいろ気になるところが増えてきます。青々としたヒゲにもとても違和感があります。だいたいmoyaのヒゲは濃いほうで、この青さはメイクじゃ隠しきれない！　……ということで、脱毛を意識し始めます。

家庭用レーザー脱毛器、その中古品をヤフオクで落札購入。届いたその日から、ヒゲに限らないむだ毛＝毛穴のひとつひとつを……、毛穴にヤケドを負うその痛みに耐えて、数時間かけて焼いていきます。そうしてしらみつぶしに数か月やってみたけれど、ヤケドした毛穴を覆っているカサブタの真ん中から、以前と同じような太さの毛が生えているのを見たらがっかり。

「これじゃあきりがない！」あきらめたmoyaは脱毛施術してくれるところを検索、2軒ピックアップ。

○　スキンケアクリニック

○　Sクリニック

まず「スキンケアクリニック」さんに行って話を聞いてきました。キレイで落ち着いた雰囲気の院内、対応も穏やかで……。安心して臨むことができそう♪

脱毛施術は一定期間や一定回数の料金設定が多いと思うのだけれど、ここは1回ごとの料金設定。その都度様子を見ながら、イメージに近づけていきましょう……って感じ。

毛の多いトコロは何回もやらなきゃならなくって、割高になっちゃうかも。

次はローカルTVCMで目にした覚えのある「Sクリニック」さん、そのむだ毛処理体験コースに行ってきました。

Sクリニックさんで美容皮膚科脱毛初体験！

むだ毛を1本1本……処置していく作業。痛みに耐えられなくて挫折する人も多いと聞くけれど、痛みレベルは家庭用と大差なくて、腕や足はぜんぜん問題なし。

でも、鼻の下＝人中付近の毛穴にレーザーを当てるとき、その都度身体が「ビクッ！」。

身体各部への痛みは切り離すことができるのだけれど、痛みへの耐性がないところを発見。レーザー光遮光アイマスクの下で、目に涙を湛えるmoyaなのでした。

お得な1年間コースもあり。
3回もやれば、それなりにキレイになるんじゃないのかな？　……いろいろ思いながら受けた体験コース、10分くらいで「あっ」という間に終わっちゃいました。
100本くらい抜いてくれたらしいけれど、見た目あんまり変わらない；
その後の営業トークで目が点に……。単価は「スキンケアクリニック」さんのだいたい半額なんだけれど、期間・セットプランの料金体系で、本格的にそこでキレイにしようとしたら40万円以上かかるって！　全身やろうとしたら100万超えちゃうんじゃない？

それなら……って、先に伺って雰囲気の良かった「スキンケアクリニック」さん、こちらでやってもらうことにします。
レーザー照射で毛根を処置する……、家庭用も医療用もその痛みは変わらないけれど、医療用は出力が違って毛根・毛乳頭・毛母細胞までしっかり処置できるってことなんでしょうね、1回ごとに少なく・薄くなっているのがはっきりわかります！

痛みに多少慣れてから脱毛施術に行ったことで、施術へのストレスはほとんどなし。

麻酔クリームは使わないでやってもらって、全然問題なし。

「痛みに強いんですね」って、喜ぶべき？　ww

エステの脱毛器じゃ家庭用と大差なくて、毛根・毛乳頭まで処置できるほどレーザー出力が強くないこと。耐えた痛みのその成果には疑問が残るってこと、それを後から知りました。その痛みや手間は同じでも、毛根・毛乳頭まで処置できないんじゃ意味がない！

そこに加えて家庭用はレーザーの照射範囲が狭くて、毛・毛穴にピンポイントでヒットさせるのが難しいこと。途方もない時間と手間をかける覚悟でやれば、いつかは達成できるのかもしれないけれど……、医療用なら痛みに耐えるだけの成果が間違いなくあります。

医療施設に行ったほうがずっと効率的なんですね。


それじゃあこの機会に全身やっちゃおうかな？　腕や足を出す機会はあるだろうし、脇の下や胸やお腹……、やるからには全身のむだ毛をキレイにしちゃおう！

陰毛も……、下腹や腿をやってもらうときに、「施術できるぎりぎりまでで構いません、形を整える感じでやってもらえますか」ってお願いします。

顔の脱毛を3回と、手・脚……身体の脱毛を2回ずつやってもらったら、だいぶ薄くなったことを実感できます。このくらいでも残っている毛は抜くか剃るだけで十分きれいだし、1回に処置できる毛は減ってくるわけだし。

費用対効果を考えてもうこのくらいにしておこうと思ったmoya。

全部1回ごとのプランと料金でしたが、その選択は正解だったと思います。それなら、イメージするところとお財布と相談しながら、満足いく着地点を探すことができます。それにそのプランは「1回ごとに確実に薄くなります」って、施術側の自信の表れでもあるよね。

◆素肌感

むだ毛処理した右と左の脚肌が直接触れ合う、ブーツカットパンツの裏地生地が脚肌に直接擦れる感覚がとても新鮮！　何気に歩く一歩一歩に、キレイな脚になったことを実感。

ブーツカットパンツの上から意味なく撫でさすってみたりして、オトコ目線で女性の脚をさすりたい衝動とさすられる女性の感覚、一挙両得一石二鳥。ww

家庭用レーザー脱毛から医療用レーザー脱毛を経て……、今は剃っても青々としなくなりました。まだちょろちょろ生えてきちゃうんだけれど、それでも毛抜きで十分追いつくくらいです。1本……、また1本ってやっていると、時間経つのが早いですね。ww

その頃も髪を伸ばしていた……といっても文字通り坊主に毛が生えた程度で、まだまだ男らしく……むしろコワモテな見た目です。

こんな場違いな客をよく相手してくれました……、当時を思うと本当に感謝です。

毎朝晩……。むだ毛処理から肌のお手入れからTPOにあわせたファッション・メイク・ヘアケア……。

そこに費やされる時間と手間、生涯のそれを合算すると膨大です。女の子は大変です！容姿に気を使う女の子の気概、そこへ対応する男の子の気概ってなんでしょう？なんだかわからないけれど……。

キレイで在りたいものですね。

Chapter 3

ヘアスタイル

◆スキンヘッドの効用

髪を伸ばし始めてから数か月、人に話しかけられる頻度が間違いなく増えました。あるのに伸ばさないのはもったいない！　……なんてことも言われました。

外見の印象というのは、他人へ与える重要な情報源であること。その人へ話しかけようとするとき、その外見から様々な判断もなされること。図らずも、それらの確認をすることができました。

しかしそれはひとりの平和な時間でもありました。無用の交流を事前に塞き止めていた……そう考えると、スキンヘッド・坊主というスタイルにも一定の効用が？

出家仏教徒……いわゆる坊様の坊主頭、修道士にもいらっしゃいます。世俗を断ち切る覚悟と同時に世俗からの無用の交流を未然に塞き止める、なるほど理に適ったスタイルにも思えてきます。

◆成長期

スキンヘッドから、いがぐりアタマから、五分刈り坊主から……。髪が伸びるにしたがって地肌が見えなくなり、放射状に伸びていた髪も自重で垂れ下がるようになり。そんなmoyaの髪には、頑固な天然パーマが入っています。そのまま伸ばしてもあんまりキレイかわいくない。でも今なら縮毛矯正って強い味方がいてくれます！

数年ぶりに美容院へ行ってきました。市内で縮毛矯正に長けたお店を検索して、よさげなお店「ＥＡＲＴＨ」さんを見つけて、電話予約。

そうして行ってきたのだけれど、今の髪の長さではまだもったいない……。ということで、結局カット・シャンプーだけに。今はテンパーが役立ってひとつのスタイルができている……って、確認できたのが収穫かな？

久しく忘れていた美容院の緊張感、それはそれで心地よいものですね。

◆**過渡期**

襟足がシャツの襟にかかってきたり前髪が眉にかかるようになってくると「どこまで伸ばすの？」なんて質問も頂きます。

襟足は短くするとしても、他はある程度の長さがなきゃ女子っぽいショートスタイルもできないよね。

普段は男性として普通に仕事をしていたので、あまり長い髪は歓迎されません。

髪の長さをごまかすことができる仕事向けなヘアスタイルというと何がある？

立ち上げたって垂らしたって長さはごまかせないから、これはオールバックしかないね！

オールバック……、オトナのオトコが似合いそうなスタイル。それがmoyaに似合っているかどうかは別にして、ハードワックスで髪を固めることが平日朝の日課になりました。

◆縮毛矯正

……そして数週間後、ようやくショートヘアくらいにまで伸びて、初めてやってもらいました、縮毛矯正！

美容院のトリートメントや縮毛矯正や……持っている技術とその進歩ってすごいですね。今どきの縮毛矯正は、moyaの髪を待ち遠しかったキレイなサラサラのストレートにしてくれました！　自分のアタマを撫でてはニヤケています♪ww

髪の状態を見て薬剤の浸透具合を見極めてくれている姿には、職人さんの風格すら感じます！

男moyaのままだったら、その技術を受けることもなかったのでしょう。よくぞmoyaの髪をここまで整えてくれました……。自宅で毎日、ブローするたびに思います。

毎日と言えば、シャンプーとトリートメントも欠かせません。これ良さそう！　これも良さげ？　……只今いろいろ模索中。香りの微妙な違いに、すっごく萌えます。ww

今までトリートメントといえばせいぜいシャンプー後に付けるものしか使ったことがなく、ましてスキンヘッドの頃は石鹸を使った洗いっぱなしでOKでした。

今使っているものは「シャンプー後・ブロー前・仕上げ用」の3ステップ。

手間ひまをかけたことでつやめき輝く表情を見せてくれる髪、愛おしく感じます。

◆ウィッグ

ヤフオクで落札購入したウィッグ。かぶってみたら、んーなんか見た目が重いかな？　100円ショップで買ってきたシュシュでまとめて、メイクも慌て気味にちゃっちゃっと済ませ、社内有志の呑み会へ行きました。そして最初に入った居酒屋に居座って5～6時間！　お尻が痛くなっちゃいました。ww

問題はウィッグ。途中から浮いたような・ずれたような違和感があって、手で直そうと触ってみてもずれてない。

？なことが席にいる時間中に何回もありました。

とにかく抜け毛がすごい！　クシを通すたびに必ず数本が抜けてきます。呑み会の席でも、何気に髪をいじっていると次から次へと抜け毛が落ちてきます。ウィッグってみんなこんなもの？　そんなことはないでしょう？

帰ってきてウィッグをはずしてみたら、下にかぶっていたネットがほとんどはずれていました。あー、なんだかウィッグが浮いているような感じはこれだったんだね……。しまう前にクシを通しておきたいけれど、毛先のほうが束になってくっついてまともにクシも通らないし、そのたびごと抜けてくる髪を見るのは気持ちいいものじゃないし。……安物のウィッグってこういうものなんですね……。よーくわかりました、今度は国産のちゃんとしたものを買おうね；

そしてようやく、moyaの髪はボブスタイルを形作れるほどになりました。お団子は作ったことがないけれど、髪を束ねることができるのってなんかうれしい♪

ちょっと気を・手を抜くとすぐに傷んでしまうのが悲しいけれど、この髪が大好きです！

Chapter 4

メイク

◆メイクサービス

女の子ともなれば、メイクは必須！

昔……。酒の席でメイクをされたのとはわけが違う、自分の意志で、かわいく見せるためのメイクをして、次の呑み会に行ってみようと思いつきます。いつもの美容院「ＥＡＲＴＨ」さんでそういうメイクサービスもやってくれるようだけれど、あいにくそのときは予約がいっぱいでお願いできず。

ネットで見つけた「ヘアメイク＆ブライダルAphrodite（アフロディーテ）」さん、そちらへアクセスしてみます。

さすが……、プロのメイクは違うね！

ホクロ・シワ・シミのカバーは完璧！　仕上がったmoyaの顔がかわいい♪

「メイクレッスンもやっています、ぜひ来て下さい」って。ちょっと行ってみたいかも！

そうしてわかった事がふたつ。
ひとつめ。メイクは遠く＝1m以上は離れて見ることが前提。……考えてみればそうだよね、手鏡くらいの至近距離で顔を見られることなんて、そうそうないって。ww
「メイクする」んだから、ちょと派手？ちょっと濃い？……そのくらいが人目に映えるものなんだね。
世に言う「ナチュラルメイク」って、単に薄化粧なのじゃなくって、お顔・顔肌をしっかりカバーして護りつつ素肌のように見せる【素肌感メイク】のことだったんだね！

ふたつめ。口紅は自然な色と形から大きく変えないこと。

パレットから何種類か色を拾って、手の甲でブレンドして自然な唇の色に近づけて、色を作っていく。色合い・ツヤ・そして形を微妙に変える、ちょっとのことでその印象はずいぶん変わるんだね。

きれいにメイクアップしてもらって、呑み会に行ってきました。

そこで女子から「すごい！　どうやったの⁉」

「アフロディーテ」さんでやってもらったことを話したら、興味を示してくれたり。好反応♪


お開きになった後で、以前の呑み会で隣に座ったご縁でメル友になったAさんのいるお店に、Fさんとふたりで行きました。

「ええ〜！　moyaさん〜⁉!」

初めて目にするmoyaの女装姿を、お店中に響き渡るくらい派手に驚いてくれたAさん。

お店のスタッフに「他のお客さんもいるので、あまり大きな声を出さないように」叱られちゃうほど；

それはmoyaのキャラクターのせいなのか、Aさんのキャラクターなのかはわからないけれど……。

◆セルフメイク

メイクしてもらったことで、何かを掴んだmoya。いよいよ自分で自分をメイクします。何から買えばいいのか・どこのメーカーのものがいいのか……。全然わからないmoyaは、とりあえず思いつくもの全部を100円ショップで買い揃えてみました。リキッドファンデ・パウダーファンデ・アイシャドー・アイライナー・マスカラ・チークカラー・ルージュ……。

揃えた化粧品でメイクしてみるけれど、なかなか思うようにはいきません。経験不足に加えて、そのチープな質感は何か浮いているような感じがします。

ちゃんとしたメーカー品の化粧品を買ってみようかな……と思ったけれど、どこの化粧品にする？　いきなり海外ブランドを使うよりは日本人向けに作られた国内ブランドのほうがいいんじゃないのかな……と思ったけれど、それにしたって何社もあります。

同僚女子に「どこ化粧品を使っているの？」聞いてみたら「D社」だって。調べてみたら、悪くはなさそう？

その頃使っていた、１００円ショップのアイライナー。ペン先に付けたライナーが乾かないように焦りつつ、緊張した手先でラインを引いていく……。震えた手先で線がよれたりとか、ありがちだよね。乾くまで、まばたきしないようにまぶたをおさえたりとかして。みんなこんな大変な思いを越えてメイクしているんだよ！

……なんてやっていたのがバカみたい。

D社のショップでアイライナーを買って使ってみたら……、「スーッ・スーッ」って、右も左もほとんど1回でキレイに描けて、乾くのを待つこともなくあっという間に完了。こんなに簡単にこんなキレイな線がひけちゃうの!?

D社のアイライナーにちょっと感動♪

……と言っても、今どきメーカー品のアイライナーはどれもこんな感じなのかもね。言ってみれば筆ペンの使いやすさ……、みたいな。

アイライナーがちょっと身近になりました♪

アイシャドーって、まぶたへ単純に色を置くだけじゃないんだね！

まぶたのキワはアイライナーとなじむような暗めの色を置いて、より目を大きく。まぶたへ色味を置いて、その色味もピンク系でかわいく仕上げてもいいし、ブルー系で艶っぽく仕上げてもいいし。その外側には白っぽい色を置いて、中に置いた色味を際立たせるように。そんな縦グラデーションならよりかわいくなれるし、横にグラデーションさせればより大人っぽい切れ長な目に演出することもできます！

チークも面白い！　チークを入れただけで、しかもその色味や入れ方でかわいさアップ！　moyaはピンク系を頬骨付近へ入れることが多いけれど、オレンジも健康的でかわいいし、頬骨外側へちょっとだけ入れればもう少し落ち着いた印象になるし。

ハイライトを入れて、全体に立体感を出します。

最近では涙袋メイクも面白そうだし！

仕上げにルージュ。moyaはやっぱりピンク系が好きだけれど、健康的なオレンジもよく使うし、夜のお出掛けだったらもう少し赤みの強いほうが映えるよね♪

◆メイクは必需品！

回数を重ねるごとにだんだん慣れていきます。

すっぴん大好き！　メイクなんて……色素沈着しちゃうかもしれないし、なにより皮膚呼吸の阻害は間違いないし、百害あって一利なし！　すっぴん万歳!!

……なんて思っていたのがすっかり昔話。

ビタミン・プラセンタ・ヒアルロン酸・ペプチド・プエラリアミリフィカ……。キレイになる素が入っていたり、UVカットの効果があったり。メイクするために顔を……顔の肌をよく見ていると、細かな変化や異常に早く気がつくことができたり。決して表面を取り繕うだけのものではないのですね。

同世代の男性の肌と女性の肌を思ってみればその差は歴然！

キレイなお肌でかわいく在るためには最低限のお手入れ・ケアというものが欠かせない。そのことが、やってみてわかりました。

「ノーメイクじゃ外に出られない」ほどの境地には達していないけれど、紫外線からは逃げるように、特に直射日光は避けるようになりました。ww
普段はルージュもシャドーもラインもチークも……、ほとんど「色」を入れなくて、肌をきれいに見せるベースメイクだけで、ツケマだってほとんど付けないけれど、それだけでも質感や気分は随分違うもの。同じことをやっていても、仕上がりは以前と比べて格段に良くなっている感じがします♪

◆職場で何気ない会話

同僚女子から聞かれました。

「moyaさんって、年いくつ？」

「え？　41（当時実年齢）だよ」

「ええ〰〰!!」

真面目に驚いてくれました；

喜んでいいのかな……でもちょっと楽しいね♪

他の同僚女子からも言われました。

「moyaちゃんってTさん（同僚男子仮称）の2コ上なの？　Tさんのほうがぜったい年上に見えるよwww……。私とTさんは同じ年だから、私より年上だったんだ！」

年下の同僚に、年下だと思われていたみたい。ww

moya自身年齢を気にしてないから、同僚女子にちゃん付けで呼ばれても気にしていないし、年下・後輩・同期・先輩・年上の対応に差をつけていないせいもあるのかもね（年長者・目上の方に接するときの、敬語はもちろん踏まえたうえで）。

若いころは年上にみられることが多かったのに、いつのまにか見た目年齢を実年齢がかなり追い越していたみたい。ってことは、見た目年齢は何年も変わっていないということになるのかな？　……っていうよりもしかして若返っている?!

ハタチを超えたらみんなオトナ、年齢を気にするよりも人間性や経験のほうが大事！……。なんてこどものころから思っているけれど。

頃合いで成長が止まっている（?）今のmoyaは、moyaの理想をある面では実現している・できているのかもしれないね。その為には、内面がちゃんと成長していてくれないと困るけどねー www

たまたま目にとまったのでしょう……。同僚女子から仕事中に聞かれました。

「ツケマか何か付けてる？　自前!?　まつ毛長いね!!」

まつ毛専用美容液の効果があったね！……ツケマはもちろんマスカラだって、仕事中に付けているはずがないのに、まつ毛の存在感がそのくらいアップしているようです♪

キレイになるって、大変だけど楽しいね♪

Chapter 5

ネイル

◆ネイル

爪切りで時々プチプチ切っているだけだったけれど、ファッション・ヘア・メイクと気を使いだして、爪もキレイにしたい！　……って思い立ったmoya。自宅近くの「ネイルサロン」を検索して連絡してみたけれど、門前払いな感じでまともに相手にしてくれるところがありません。そこで、いつもお世話になっている「スキンケアクリニック」さんに連絡してみます。

「ネイルサロンを探しているんですが、どちらか紹介して頂けませんか？」

市街地にあるネイルサロンさんを紹介して頂いて、電話連絡……。

「男性でもやって頂けますか？」

「はい、もちろん。どのようなご希望ですか？　いつにしましょう？　……手は基本コースで、足は基本コースに加えて色を入れていくのでよろしいですか？　日にちのご希望は？　……」

ようやくまともに相手をしてくれるネイルサロンにたどり着いた、そのことを喜ぶmoyaです。


ネイルサロンさんで、ネイルケア初体験！

先ず伸びた爪をやすりで削って長さと形を整えます。

その後甘皮の処理をやってくれました。自分でやるなら奥へ押し込んで終わりだけれど、すべてキレイにカットしてくれます。

甘皮処理しただけでなんだか見た目が自分の手じゃないみたい！

指先がカワイク、キレイ♪


手の爪に色を入れたかったけれど……。それは仕事に差し支えるので、クリアのトップコートだけ塗ってもらいました。ツヤツヤ光って、キレイ・かわいくって、１日に何度も自分の爪を見ちゃいます。ww

仕事に差し支えのない足は、指ごとに色調を変えた白系3色遣い。マットホワイト・ラメ入りホワイト・パールホワイト。その中から2色を使って親指だけ斜めに白系2色遣いで仕上げてくれました♪

さすが、1回でキレイに仕上げてくれます！
何回も塗り直し塗り直しで、仕上がりはムラだらけ……なんてmoyaとは違うよね。ww
それからは……爪切りではなく、専用やすりで伸びた爪を削るようになりました。

◆**ジェルネイル**

そして先日、初めてジェルネイルをやってもらいました♪

「仕事の制約が無くなったのならジェルネイルだってできるじゃん！」

moyaってばいいこと思いついたね♪　思い立ったら即実行！

行って先ずフットケアから……。

「最近パンプスとか履いて出かけられました？　……パンプスとか履いていると、硬く（角質化に）なりやすいところが硬くなってきているから……」……前日にパンプス履いて1時間ほど出歩いていたmoya、見る人が見ればわかっちゃうんですね～。

手当てをしてもらいながら店内にあるネイルサンプルやネイル雑誌を見てデザインをいろいろ考え中……。

「足にジェルはもったいないかもしれませんよ？」

……って、お店のネイリストさんが言ってくれました。足には普通にペディキュアを塗ってもらうことにします。以前にも塗ってもらった微妙でキレイな中間色のピーコックグリーン、それをもう一度。

やってもらいながら一生懸命考えます……。やっぱりかわいいピンク系にしてみたい！そしてアクセントにマット・ビビッド系の赤を。つなぎにグレーを。色調に迷ったけれど……暖色系グレーで。

漠然としたイメージを伝えながら、同時進行に描いていってもらいます。

手元のほうへフレンチネイルスペースを開けてもらって、その先へグレーを、またその先へカラーを……。５本指のうち１本だけ赤にして後の４本はピンクで。

「ピンクだとぼやけてしまうかもしれないので、境目にライン入れましょうか？」……シルバーのラインが入ります。

「こんなシールもありますよ」……あ、それもやってみたい！　……今の季節なら雪の結晶でしょう♪

片手の指４本に入れようとしていたピンクのうち１本をグレー単色にして、そこをシールのキャンバスにします。

「ストーンは置きますか？」……もちろん！　……でももう十分賑やかな感じがするから、小さ目なこの石と、もっと小さ目なこの石をセットにして、右手薬指と左手親指に……。

こんな感じ？　あんな感じ？　イメージと言葉を練りながら、ネイリストさんに伝えていきます。

それを聞いたネイリストさんが目の前で現実化・形作ってくれます。

幸せな時間です♪

色を置いていくときのネイリストさんの真剣な表情、ラインを引くときなんかはその緊張がこっちまで伝わってきそう。最近ではスタジオに入ったり、撮影に係ることもあるんだって！

なにより対個人客のお仕事は大変だよね、いろんな方がいらっしゃるでしょうし。

そうしてかかった時間は手足合わせて3時間超！ moyaの指先をキレイかわいく飾って彩って、1カ月くらい楽しませてくれるけれど、決して楽で楽しいばかりのお仕事じゃないよね。

幸せなひとときを……、そしてネイルを見ればすぐに浸れる幸せを、形作ってくれました。

moyaってば幸せ者♪

Chapter 6

スキンケア

化粧水と乳液だったりローションとエッセンスだったり……、その内容はいろいろだけれど。潤いを補って、必要なら有効成分も加味して、それらを閉じ込め蓋をして外敵からお肌を守る。毎朝晩にケアをする日常が始まります。

脱毛でお世話になっている「スキンケアクリニック」さん。本来はそのお名前の通りに、素肌をキレイにすることがケアメニューの中心。

ということで今までの脱毛メニューから、シミ・シワ・ハリ・ツヤ……もっとキレイなお肌を目指した美肌メニューに切り替えて、引き続きお世話になります。

ロボスキンアナライザー……。機械の目で肌の状態を分析・診断、H先生の経験を活かしてその時にいちばん有効なものを……。ウエットピーリング・フォトフェイシャル・

レーザートーニング・ハイドロキノン導入……、施術して頂きます。

◆肝斑疑いのシミ

moyaの目じり付近にはシミがあります。いつ頃からかは覚えていないけれど、比較的最近……女性ホルモンを摂り始めてからのことのような気がします。

「このシミ消えますか？」……聞いてみました。

「肝斑っぽいね？」

男性肌に現れることは少ないはずの肝斑、摂った女性ホルモンに肌が反応してしまったのかも。肝斑とひとくちに言ってもその由縁と治療法は何種類もあって、簡単な話じゃないそう。レーザーを当ててもらったけれど、思ったような効果がない；

「DS社から発売された肝斑治療一般薬『T』を摂ってみようと思っているんですが、どうでしょうか？」……聞いてみました。そうしたら先生から、

「有効成分のトラネキサム酸、その成分量がもっと多いものを処方薬で出せますよ」ってことで、服用開始。

◆スケールメリット

やっぱり小顔のほうがかわいいよね！　って、頬に「ボトックス注射」をやってもらおうかと思って話を切り出してみたら……。

「輪郭がシャープになって顎がとがって、ちょっとかわいくなくなるかもよ？　それに、効果は半年〜1年でほとんどなくなって元に戻るからね」。

骨格は変わらないでお肉が無くなるんだからそりゃそうだよね……。ボトックスはちょっとイメージと違ったみたい。

それに頭も顔もそれだけで見れば決して小さくないんだけど、この身長にはこのくらいあったほうがむしろバランス良いんじゃない？　……なんて思い直したmoyaでした。

「体格が大きいからかわいくないんですよね〜。スクールガールっぽくもしてみたいんですけれど、（実年齢よりは若く見られるといっても隠せない）年齢的なものが見た目に痛いですよね〜？」

「（スタッフのお子さん）〇ちゃんも、高校生だけど運動やっているから足の太さなんて同じくらいじゃない？

いえ……年齢的な部分の話だったんだけれど……。だけどそう！　筋肉質で太い脚も見た目に痛いしかわいくない!!

……でももしかして、そこに絡めて「脚も見た目も同じくらいのレベルのコはその辺にいるよ！　女の子として十分通じるレベルだから！」って言ってくれたのかな？

つまりそれはナイスフォロー？　ww

それに最近じゃ「足細いね！」なんて声をかけて頂くことも♪　……moyaが自分を、自分の脚だけを見ていると「太い！　細くない！」なんて思っちゃうのだけれど、「細いね！」って言って頂けたことを踏まえて鏡の前に立ってみたら「ん？　そんなに太くない？　そんなに悪くない？」。それは間違いなくこの身長が幸いしているよね！

つまりそこだけを見るのじゃなくて、全体を見たバランスで考える。一歩引いて全体を見る、何事も大事だよね♪

1年位前に撮ったノーメイクの顔写真と最近撮ったノーメイクの顔写真を比べて見せてくれて、その違いに驚きました！

そういえばココに赤みがあった！　もっと毛穴が目立ってた！　前はこんなに荒れてい

たんだ！　自分の顔に驚いた！

……一歩一歩歩いてきてふと振り返った時、こんな距離を今歩いてきたの⁉……って驚いた、そんな感じ。ww

◆ピアス

その頃は「耳飾りが欲しい！」と思ったときはイヤリングを使っていました。イヤリングだと気が付かないうちに外れてしまって片方無くしてしまったり、悲しい思いをすることもたびたび。それに「これかわいい！」って思うものって、そのほとんどがピアス。

これはピアスを付けられないと楽しくないね！

クリスマスが迫った頃、「スキンケアクリニック」さんへ行きました。いつもは他のお客さんの姿を見ることはほとんどないのに、今回は先客がロビーに座っていました。離れたところで待っていたら、次のお客さんが入ってきました。イブのデートの前にキレイにしようって女子が多くて、商売繁盛な様子。

なるほどね〜、そうして気合い入れる女子も多いんだね。12月24日とか、イベント前は忙しくなりがち？　外したほうが賢明かも。

チョコレートケーキを「メリークリスマス！」っておみやげにしていったら、喜んで受け取ってくれました♪

そして人生初のピアス穴あけ！

H先生が手ずからやってくれました♪

ピアスをするようになったら「これかわいい♪」「これステキ！」……って、気が付けばいくつも揃っちゃいました。ww

「スキンケアクリニック」さんでは基礎化粧品「Aシリーズ」も扱っています。それはいわゆるドクターズコスメ、H先生みたくなれるなら……興味津々。トライアルキットを頂いてきました♪

◆お肌の手触り

そんな諸々の効果か、朝晩に手をかけている成果かはたまた……、何かわからないけれど。あるとき何気に顔へ手を当てた瞬間、えっ？て嬉しくなる感覚。

もしかしてこういうのをもち肌・ベビースキンっていうの⁉

BBクリームとファンデーションの違い？　……そのときはファンデーションで仕上げていたからそのせいかなって一瞬思ったけれど、どちらも仕上がりが良いし、何より素肌の感じが以前と違う！

試供品にもらって使ったクリーム？　……それはいい感じだったけれど、とっくに終わっちゃったよ？　化粧水をミストにしているから？　洗顔料を変えたから？　……なんかわからないけれど……。嬉しい感覚が変わることなく、その状態を保ってくれています。

手間暇かけた成果かな～♪

「moyaさん、ほんとキレイになりましたよね～」異口同音に、いろんな方がそう言ってくださいます♪

営業口上やお世辞だとしても、やっぱりそう言ってもらえるのって嬉しいよね！

お陰様でお肌の状態はとっても良くなりました。

良くなった分、細かいアラが目に付くようになりました。だから、このシミ早く消えてくれないかなぁ……。


お肌のコンディションがいいときって、気持ち・気分もいいよね！

自分の頬の手触り・肌触りに幸せを感じるmoyaです♪

◆美白効果?

鏡に映る自分の顔から受ける印象が変わってきました。目が大きく・唇は艶っぽくなってきた感じがします。

最初に気が付いたのは平日の日中仕事中、社用車の（ミラーフィルムを貼った）窓に映る自分の顔にドキッとします。

「今はアイメイクしてないよ!?　なんでこんなに目の存在感があるの?!」

窓を見ながらしばし考え……。

お肌が白くキレイに整ってきたことで、顔の中で色物パーツである目と唇が相対的に目立ってきた……？

そっか！　そういうことだよ!!

キレイな白いお肌って、お肌自身の美しさだけじゃなく、引き立て役・土台としての役割もあるんだね！

へぇ〜……って、なにか妙に納得・感心したmoyaなのでした。

女性と男性の髪やお肌の質感・美しさの違い。

それは資質素質の・もともとの違いがあるんじゃないかと思っていたけれど、かける手間暇と意識、それが何より大きな違いだったんだね！

男だって、磨けばキレイに輝くことができるってことだよ!!

うんうん♪

Chapter 7

第三次性徴

◆胸のしこり

あるとき、片方の胸の中に円盤状のしこりがあることに気が付きました。「スキンケアクリニック」さんのH先生に触診してもらったら、

「乳腺が発達し始めているのかも」

へー……なんて思いつつ、悪性ではなさそうということで、為すすべなく放置。その後円盤は自然消滅して、気にすることもなく月日が過ぎ……。

また胸の中に……、今度は両方に円盤状のしこりができています！

つまり……。自然界によく見られるような、三歩進んで二歩下がるような波を繰り返しながら成長していく……っていうようなものなのかも。

身体も乳腺細胞の作り方なんて忘れちゃっていて、いろいろ試しながらやっているのか

もしれないね。

付き合わされる身体も大変そう……。でも頑張ってね♪

そろそろ、ウエストのくびれが欲しいね。www

◆**おっぱい**
おっぱいを育てて、おっぱいがある生活をしてみてわかったこと。

おっぱいって、ブラで見た目のボリュームをコントロールできるんですね。1サイズくらいなら簡単に『盛る』ことができます。

もうひとつ。不用意に無造作に力を入れるオトコが多いと思うけれど、それはマジで痛いってこと。

乳房って、乳腺がとても存在感あるものなんですね。

しこりのようにあって、不用意に押さえたりするとけっこう痛い；

日常生活でも……。なにか抱えるように物を持とうとしたときとか、乳腺に＝おっぱいに強く当たることは自然と避けるようになりました。

やっぱり……。柔らかいものはやさしく扱わないと、ね。

そうして……。胸にボリュームを感じることが増えました。

自分で感じることのひとつが……。何かの拍子（手で口元を隠そうとしたときとか）に、腕に胸のふくらみが当たること。

そんなmoyaのおっぱいはやっとAくらい。

このくらいがかわいいです♪

Aでも立派に存在感はあるのだから、せいぜいA～Bくらいの大きさで必要十分。むしろベストサイズじゃないのかな……、って思います。moyaの場合、これ以上大きくなったら男になった時に隠すことが大変になるし。ww

それに……。それ以上大きく育っても男性を喜ばせる・セックスアピールが強くなるだけで女子力は上がるのかもしれないけれど、持つほうのデメリット（肩こりや年齢による下垂や……）ばかり増えてしまいそう。CDEFGH……持つ者の苦労・気苦労のさわりくらいは感じられたのかな……、そんな気がしています。

そしてもちろん、そんな思いと同時にやさしさももらっています。ふとしたときにプヨン♪って、「あは、やーらかーい♪」なんて癒されることは……正直、あります。www

◆女性性感

少なくとも性転換しないと感じられない・わからないことだと思っていたけれど、なんとなく感じることができたような気がします。

それはやっぱり、同じ種の違う分類。

脳機能に違いはない＝その感覚に違いはないいんじゃないかと思っていたけれど、やっぱりその絶頂感に違いはなさそう。でもその過程……快感、快楽の中で上り詰めるか・素面から一気に上り詰めるか、その過程を経てmoyaが感じるものはまるで違います。

その瞬間に単純反応的な快感を与えられて、「はい終わり！」と強制終了か。人という存在を全身全霊で感じ、パートナーの愛情を一身に受けながら幸福感・全能感に浸り包まれるか。

いずれも自己満足とはいえ、その「自己」の範囲が違う感じがします。

「不感症」でなくとも、エクスタシーを感じている女性は多くないと聞きます。そりゃそうでしょう、パートナーの誘導・愛撫で、簡単にそこまで至るほど単純な話じゃなさそうです。せっかくの才能と機会がありながら、それを生かせない人が多くいらっしゃる。それを思うと、男性の手軽さがちょっといいような……そんな気もしてきます。

ひとつのSEX、大概のそれは男性が射精し明らかなエクスタシーを迎えて、そこで終わります。つまりエクスタシーに達してこその性行為。

その発想から……女性もイカせたい！　……そう思う男性って少なくないのでしょうね、moyaもそう思っている頃がありましたし。しかしそうして変化した性感の中で思ったことは、エクスタシーに必ずしもこだわらないということ。

イクことができたならそれはそれでもちろんいいのだけれど、イカずに終えたところでそんな残滓感があるわけでもない。

そのSEXから愛情を・思いを感じて気持ちを満たすことのほうが大事で、イッたかどうかは結果論に過ぎない。そこにこだわる意味はなさそうです。

気持ちよくなって欲しい一心でひたすら愛撫、そして挿入の機会を見いだせないまま寝落ち……。そんな失礼なことを繰り返してしまった記憶があるけれど、それも結局自己満足だったと今さらながら確信。

刺激への単純反応なんてものじゃなく、スイッチ？　気持ち？　何かが切り替わらないと快感には繋がらない。肉体的な快感だけならおもちゃやクスリで感じさせることも可能でしょうが、肉体的な快感云々よりも、想いを満たすことのほうが大事ですね。

それはとても多元的で、五里霧中な気配を感じます。しかしそうして感じることができた時、世界はすべてを肯定してくれているかのようです。

そこに至るには、主導権を持って生物的・本能的な自己満足で終わる男性の器量に期待するしかなくなるのだけれど、それじゃあまりに心もとない。出産という一大事業を請け負う女性だというのに、その不遇さはなんなのでしょう……。

女性性感が解ってきたといっても……。その感覚は的を射ているのかまったく違うものなのか……。まして個人差もあるであろうソレ、人は他人の想いを想像することしかできないのに違いはないけれど。

朧気ながら感じることができて、なにかとても満たされた想いでいます。

わかったつもりに過ぎない？　……それはもちろんその通り。何より出産……男性は耐えることができないといわれる陣痛、それがどれほど痛く苦しく辛く……、そしてどれほどの喜びであるのか。そうして女性が生命を繋ぎ育んできてくれたからこそ、今の私たちが在ります。それを想像することしかできないことがとても悔しく、居たたまれなさを思います。

と、そこで思考停止しては話が先に進みません。とりあえずなら女性を自身に求めることができる、それで満足？　万事解決？　……いえいえ、女性という存在をより愛おしく思うmoyaなのでした。

そして、性欲というものの減退も……。いえ、射精欲の減退も感じます。もともと絶倫！　なわけではなく、射精欲が強いほうでもないmoyaでしたが。なんでSEXするの？　愛を確認しあいたいならハグで十分じゃん……。そんな発想は女性的なものなのでしょうか。或いは年齢的なものなのでしょうか。

射精欲の減退が女性化したことからのものなら、一般的に女性の率直な気持ちはセックスってどうでもよかったりするのでしょうか。好きな人から求められるから、こどもが欲しいから、その人が気持ち良くなってくれるなら、幸せを感じてくれるなら……そんな思いで応えてくれているだけで。女性が自分の気持ちだけで話せば「ハグだけで、たまにキスでもしてくれればそれで十分。最高！」だったりするのかも。

（それには個人差があります。エッチ大好きって女性もいらっしゃると……いらっしゃるのかな？　それって都市伝説？）

……そうして考えると……それは男の我欲・わがままみたいで、何かとっても求めにくい；

◆ウーメラ

それは女性用のバイアグラ。何気に買ってみて、何気に飲んでみたら、気持ちがドキドキ……。心拍は上がっていないんだけれど、気持ちがすっごいドキドキ……。大好きな人と一緒にいる時のようなドキドキ感、何気なくひとりでいる時もずっとドキドキ！

それをサプリから得られるってことは、それも内分泌系の仕事・演出だったってことなんだね。主成分が同じ男性用バイアグラっていうのも似たような効能なんでしょうね。クスリの力ってすごいねー。
合法薬でこれだけの効用・効能があるのなら、非合法なものならそれはさぞかし……。
身体は「エッチしたい！」って叫んでる、気持ちは「あっそ」って傍観者。
やー、おもしろい体験でした～。

Chapter 8

スタジオ撮影

「スキンケアクリニック」さんの院内紹介のパンフレットに載っているH先生の画像、それがすごくキレイかわいくって、ちょっと憧れちゃいます。

撮ったところ紹介してください！　ってH先生にお願いしたら快くOKの返事、H先生といつも施術補助に入ってくれる女性と3人でフォトスタジオへ行ってきました♪

衣装だけ決めて行けば、ヘア・メイクは完璧にやってくれます。

なにせ初の撮影モデルということで、「今回は胸から上のバストショットだけにしましょうか?」ってカメラマンさん。

おっきなレフ板のような机を前にして座って、ポラロイド撮影から始まって、一眼レフカメラとフラッシュを使った撮影になったらすっかりモデル気分♪

「今の目力《メヂカラ》いいね！　そのまま目線ちょうだい！」

「今撮ったのヤバイ・マジかわいいい!」

撮影していたら……いつも施術補助に入ってくれる人が知らない女の子を連れて見学してる、後で聞いたらお嬢さんなんだって。

自分と同じ体格の大きなmoyaの撮影に興味を持ったみたいです。

「すっごい良かったからたくさん撮っちゃいました〜」（聞けばそれは普段の倍近く）50枚以上撮ってくれました♪

データを保存していてくれるのは1年間、7枚まで。

50枚以上あるものから7枚まで絞り込まなきゃならない。

ヘア・メイクしてくれた人と施術補助に入ってくれる人とmoyaの3人で、相談しながら8枚まで絞ったけれどあと1枚、どれも消すには惜しいくらい良く撮れていて。

そうしたら「この8枚とっておきましょう！」って言ってくれました。

やったぁ♪

レジャー気分な人生初モデルはとても素敵な体験で、輝くような時間を過ごすことができました。

とっておいてもらう8枚のうちの2枚を購入、1枚のフレームにまとめてプリントアウトして、お世話になっている「スキンケアクリニック」さんに持っていきました。

「かわいく撮れてるね〜！　ホントにキレイになったよ〜、今ウチに来ている人の中で1番じゃない!?　moyaさんが最初にウチに来たころを思うと全然違うよね!!」

郵便はがき

料金受取人払郵便

新宿局承認

6502

差出有効期間
平成27年5月
31日まで
（切手不要）

1 6 0 - 8 7 9 1

843

東京都新宿区新宿1－10－1

(株)文芸社

愛読者カード係 行

ふりがな お名前			明治　大正 昭和　平成　　年生　　歳		
ふりがな ご住所	□□□-□□□□			性別 男・女	
お電話 番　号	（書籍ご注文の際に必要です）	ご職業			
E-mail					
ご購読雑誌(複数可)			ご購読新聞 新聞		
最近読んでおもしろかった本や今後、とりあげてほしいテーマをお教えください。					
ご自分の研究成果や経験、お考え等を出版してみたいというお気持ちはありますか。 ある　　ない　　内容・テーマ（　　　　　）					
現在完成した作品をお持ちですか。 ある　　ない　　ジャンル・原稿量（　　　　　）					

書　名			
お買上 書　店	都道 府県　　　市区 郡	書店名	書店
		ご購入日	年　月　日

本書をどこでお知りになりましたか?

1.書店店頭　2.知人にすすめられて　3.インターネット(サイト名　　　　)

4.DMハガキ　5.広告、記事を見て(新聞、雑誌名　　　　)

上の質問に関連して、ご購入の決め手となったのは?

1.タイトル　2.著者　3.内容　4.カバーデザイン　5.帯

その他ご自由にお書きください。

(　　　　)

本書についてのご意見、ご感想をお聞かせください。

①内容について

②カバー、タイトル、帯について

弊社Webサイトからもご意見、ご感想をお寄せいただけます。

ご協力ありがとうございました。

※お寄せいただいたご意見、ご感想は新聞広告等で匿名にて使わせていただくことがあります。

※お客様の個人情報は、小社からの連絡のみに使用します。社外に提供することは一切ありません。

■書籍のご注文は、お近くの書店または、ブックサービス(0120-29-9625)、セブンネットショッピング(http://www.7netshopping.jp/)にお申し込み下さい。

スタジオ撮影を初めて体験して、新しい世界を見出します。
半年くらい空けて、素敵な衣装も揃ってきて、今回は全身撮影に挑みます。
撮影衣装はいきなり2パターンに挑戦、ゴスロリ黒系のミニワンピと、浴衣。
最初に選んだのはミニワンピ。

衣装のひとつにしたタトゥーストッキングを穿こうとしたら、めいっぱい上げても肝心のタトゥー部分がやっとくるぶしくらい。ブーツの下にすっぽり隠れちゃう； そこで、つま先部分を切り取って無理やり上にあげてみます。その上に白いガーター網タイツを組み合わせてみたのだけれど、どうせなら黒の網タイツにしたほうが雰囲気だったかも……。

ミニワンピに着替えて、ヘア・メイクをやってもらって、撮影に入ります。

経験者でも初めは表情が硬くなりがちということで、カメラマンさんの心遣いもあって、上半身撮影である程度慣れてから全身撮影に臨みます。

指示に合わせてポーズや表情を変えていきます、ちょっと緊張してるかなー；

つけまつ毛に違和感があって、まばたきの回数とか、首を振ってまつ毛の違和感を避けたりとかがどうしても増えちゃいます。

すると前髪が乱れちゃうんですよね、それに気が付いたカメラマンさんが「前髪お願い」。するとメイクさんが素早くキレイに前髪を直してくれます。

すみません、ありがとうございます！

程なく「そろそろ浴衣に……」。

髪を浴衣アレンジで編み込んでもらって、浴衣に着替えて。（普通の文庫結びじゃ広い背中が目立ってしまうので）帯で大きめのお太鼓を

作ってもらって、浴衣の撮影に入ります。

浴衣ならこれでしょう！　……って用意した蛇の目傘、まずそれでポーズしてみます。

斜めに歩き出そうとするその瞬間、そこで動きを止めて静止、表情は自然な笑顔のまま。

「あ、いいね！　そのままそのまま！」……そういうポーズも撮って頂きました。

慣れない衣装に慣れないポーズに……。慣れないいづくしで全身が妙に強張って、バランスが右に左に揺れています；　手すりか杖が欲しい……、でもそんなわけにはいきません；

「もうちょっと目力《メヂカラ》ちょうだーい」

「笑顔消えてきたー」

「胸張ってー」

「その表情いいねー！」

2パターン合計で100枚以上撮影したものを全部見返して、それぞれ8枚＝計16枚まで絞り込み、そのデータを保存してもらいます。

その中から、今回moyaは画像データを各3枚＝計6枚頂きました。


そうして見ていると……。撮影始めた最初のほうよりも、時間が経つ＝枚数を追っていくにしたがって表情がどんどん自然になっていきます。

衣装を変えてまたちょっと固くなっちゃったけれど、その固さがほぐれてくるのが今度はもっと早い。


プロのモデルさんって1枚目から自然な笑顔を作り出せたりするのでしょうね、たとえどんな不自然なポーズでも。モデルさんっていうのも楽じゃないよね……つくづく思います。趣味の一環としてレジャー感覚に楽しんでいるmoyaだけれど、仕事となれば求められるハードルはきっと跳ね上がるんでしょうね；

スタジオの壁に1枚のパネルが立てかけてありました、悪戯っぽい笑顔を浮かべた20代くらいの可愛らしい女性。右手は傘をついて、歩き出した瞬間の右足を蹴り出した姿勢＝片足立ちでパネルに収まっています。

……つまりその姿勢でその表情で、数秒間ポーズを止めているってことなんだよね!?

言われなくても自分からそういうポーズや表情を作っていける、それはひとつの職人技術です。

慣れないモデルじゃ2パターンで時間いっぱい。お昼過ぎから撮影始めて、終わってみれば外には夜のトバリが下りていました。たった2パターンなのに！


1か月くらい空けて、次の撮影です。

スタジオさんへ行く前に寄った「スキンケアクリニック」さん。

「撮影衣装のことでそれでひとつ相談させてください。白シャツワンピ着てきましたけれど、持ってきたカーキ色のシャツワンピと迷っているんです、どっちがいいと思います？」

「んー、どれもいいから難しいねぇ……。ww　カーキの方が秋っぽいけれど、今ならまだ白シャツの方が雰囲気かな。……それと……シャツは垂らすより縛ったほうがかわいいよ、絶対！」

そこまではボタンを留めずにアウターとして羽織って垂らしているだけだったんだけれど、縛ってみたら……。あらま、かわいいじゃん♪

ウエストで縛るって考えなかったね！

衣装は先ずピンクのニーハイブーツとピンクシフォンミニ、グレーキャミに白シャツワンピ、こげ茶ベルトにカンカン帽。

スタジオさんに行って、そのかっこのままヘア・メイクしてもらいます。

縛ったシャツを見たヘア・メイク・スタイリストさん、

「あ、そうですね。このシャツなら縛っていたほうがかわいいですね」。

いえぃ♪www
順調に撮り進めていって……。何気にカメラマンさんが言いました。

「片足立ちってできる?」

……そのくらいは……って思った次の瞬間に気が付きました。片足で立って「そのまま数十秒静止」できるかってことなんだよね!!

やったことないけれど、がんばります!

……リラックスした感じで作った笑顔の下では……立っている片足の足裏に神経を集中して、必死にバランスを取りながら「早く撮って〜!」なんて心で叫んでいるmoyaでした。

「目線をもっと上に遠くに!」
「アゴ引いて〜」
「もうちょっと膝を内側に入れられる?」
「目力《メヂカラ》ちょうだーい」

次に挑戦したのは夏っぽいマキシワンピ。

かごバッグや大きめのストローハットを合わせて、リゾート気分。スタジオさんにあった付け毛を付けさせてもらって撮影、雰囲気出たかな♪　でもこういう衣装だと、もう少しおっぱいが欲しくなるね。ww

ままならなくてその瞬間は切ないけれど、「いいもの・キレイなもの・かわいいものを撮りたい！」って目的を共有してくれたカメラマンさんとヘア・メイクさん。

「いいのが撮れました〜、ありがとうございます！」……ってお言葉を頂いたけれど、いえいえそれはこちらこそ！　ありがとうございます!!


女性として5パターン撮影できました。

フェミニンっぽさを感じられる最近のmoya、基本はマニッシュ忘れちゃいませんよっ！

また1か月くらい空けて、今度は男スタイルで男っぽく撮ってもらいます。


男moyaと女moyaの画像を並べて、これで同一人物だよ～って笑ってみるのが当面の目標。私たちが見て認識していることなんてそんなもの、所詮虚像・虚構だよ～って言ってみるのもいいかも。www

男性としての基本スタイル……。スーツ？　パンツにシャツ？　スラックスにジャケット？　それとも略礼服？　……いろいろ考えたけれど、やっぱり基本はスーツ姿になってしまいます。

そうして考えてみると、メンズスタイルって本当にバリエーションが少ない！


先にスーツから……。

撮影の前にはファンデで肌色を良くして、アイシャドー＋アイライン＋マスカラで目を大きくはっきりとさせます。

男っぽく……、って言っても、決してノーメイクじゃないんですね。

髪型もおまかせにして。どうするのかな……って思っていたら、オールバックにキッチリ固めてくれました。……やっぱオールバックしかないよね。ww

なんだか……、「未来を見据えた政治を！」選挙ポスターみたいな？「先生のもとで日々勉強させて頂いております」議員秘書さんっぽい？　紳士服店の広告にいそうな？　男っぽくってテーマは先ずクリア♪

もうひとつは白いマキシ丈のコート。

オーダーして作ってもらったコートはすごく素敵なんだけれど、着る機会が少なすぎる；

そこで撮影衣装に登板です。

スタジオにあったシルバーウイッグを借りてかぶらせてもらって、ホワイトマキシコートで……。人種・国籍・性別・年齢不詳な怪しい風体。なんかこういうキャラいそうじゃん♪

男っぽく……っていうより、より中性っぽくなった気がするんだけれど、これもまたい

い感じ♪

撮影後にカメラマンさんから……

「1枚目からいい表情が撮れるようになってきましたね！　最初の頃は固くって、10枚以上撮らないといい表情が撮れなかったけれど、1枚目からいいものをたくさん撮らせてもらえるようになるとこちらとしても嬉しいです」

モデル慣れ？　ww

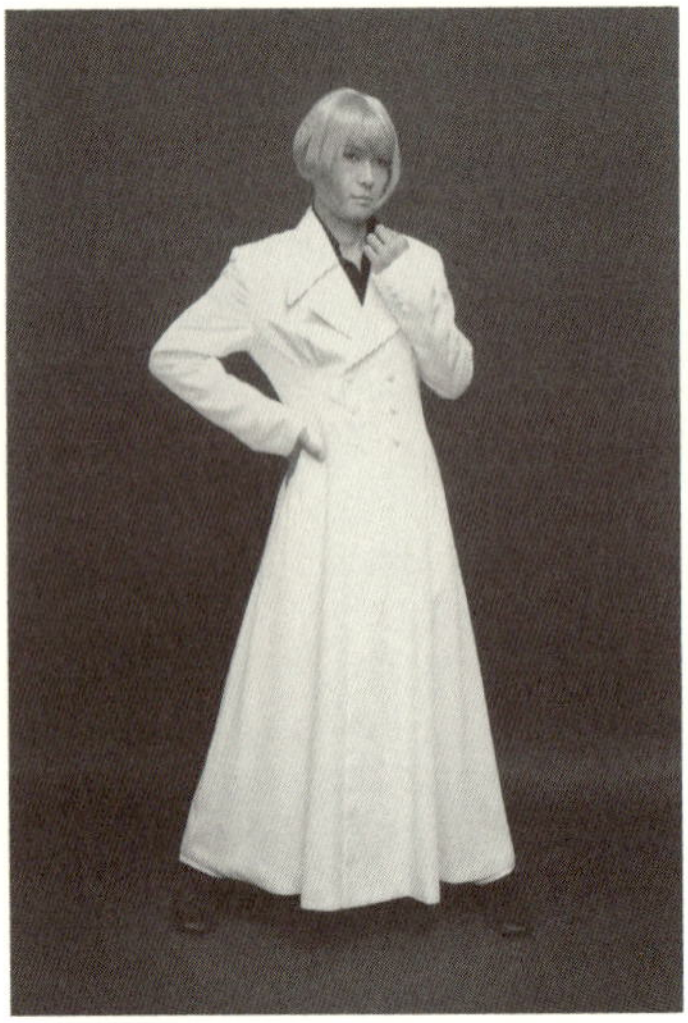

撮影した男前バージョンの画像をプリントして、職場に持って行ってみました。
結構忙しそうにしていたのに、「見たい観たい！♪」なんてみんなが興味を示してくれました。
よく行くCOFFEE SHOPのオーナーさんからも、
「写真見たよ！　スーツ姿が一番決まってたね!!」

あ、やっぱり？

あれやこれやと考えていろいろ試して、結構かわいくポイント高くなってきたと思っている女装。

そんなに考えることなく、何気に着ただけで高いポイントがもらえるスーツ＝男装。

……それだけ基本が男である部分はしょうがないことなのか、それともレディースファッションは奥がそれだけ深いということなのかな……。


あと撮ってみたいのはウエディングドレス。

やっぱり憧れちゃうよね〜。

それでもmoyaは基本的に女性が好き。

だから、ウエディングドレスを着て、ウエディングドレスを着た女性と並んで撮ってみたい。だけどそれじゃドレスの見本写真みたいになっちゃうかな？

横へ男に並んで撮ってもらっても嬉しくないけれど、ウエディングドレスを着た女性の横にはタキシード姿の男性がいたほうが、構図的に決まるよねぇ……。

◆アンドレイ・ペジック

ネットで発見、オーストラリアには女性のトップモデルとして活躍している男性がいらっしゃるんだそうで。そのお名前が「アンドレイ・ペジック」。

検索して画像を見てみたら……。

武骨な印象はあるけれど、海外のトップモデルともなればこのくらいの体格・力強い線を持った方はいるよね……って、何も知らずに見たら女性だと納得してしまいそう。

海外のモデルさんってホント笑顔が少ないよね。「かわいらしさ・cute」っていうよりも「美しさ・beauty」を追い求めているって感じがするね〜。

「アンドレイ・ペジック」さんは、ハタチくらいのお兄ちゃん！

それは仕事であるのに対して、moyaのそれはもっぱら趣味、そこに求める意識が違う。いる世界が違えば世代も違う。「似たようなことをやっている」なんて言葉は失礼でしょうけれど、さすが何事にも上を行く先人っているものですね〜。

習いに行っているタップダンス教室、フレアパンツにブラウスをあわせて行ったら……。「かわい～♪」って、いきなり撮影会。

年齢とともにかわいらしさをどこかに忘れてしまったと思っていたけれど、どうやらそうでもなかったみたいで。

手をかけなくてもかわいかったこどもの頃と違って、それなりに手をかける必要があるけれど。手をかければそれなりに、まだまだかわいくなれるんだね♪

そうして手をかけることを楽しく嬉しく感じている今、moyaに違和感はありません。

かっこよくもなれるし、なんて幸せ者♪

Chapter 9

ウォーキングレッスン

女装していると、ヒールの高いパンプスを履いて歩く機会もあります。高いヒールを履いて颯爽と歩く女性はかっこいい！

そういう女性は軽やかに簡単そうに歩いているから、そのつもりで歩こうとすれば簡単なものかと思っていたのに全然簡単じゃない；ロボットみたいな歩き方をして、足が着地した瞬間に横へグラッ！　なんておっかなびっくり；路面のデコボコがとってもストレスで、石畳を歩くのなんてまるで拷問のよう！

そのうち慣れるんじゃないかと思っていたけれど、どこかぎこちなさが抜けません。一歩一歩が綱渡りみたいで、早足なんてとんでもない！　自分のペースでスタスタ歩いていってしまう男性に憤慨する女性、その気持ちがわかりました；

1時間でも2時間でも平気で歩けちゃう人もいるそうなんだけれど、moyaは足裏から徐々にしびれてきて30分も歩いたらもう限界、脚に力が入らなくなってきて、もう立っているのがやっと。使う筋肉が違うのかな……。

ハイヒールを自分のものにしたい！　颯爽とスマートに歩きたい！　……ことから一念発起。現役モデルさん自ら教えてくれる「Nグローバル」さんで、短期集中プライベートレッスン・ウォーキングレッスンを受けてきました。

都合2～3回のレッスン、その1回目。

女性らしく美しく歩くためには正しい姿勢が不可欠！　moyaがO脚だったこと、それに内股気味であることを発見！　……いままで気が付かなかったよぉ；

（ハイヒールじゃないときの）自分の歩き方って悪くはないと思っていたのだけれど、見る人が見ればやっぱりいろいろありました。ちょっと重心が後ろ過ぎ＝上体が反り過ぎの傾向があった様子。

そして、片足で立ってグラグラしないくらい安定していること。それが美しいウォーキングの基礎……なんだって。

まっすぐに蹴り出した足を前に持ってきてかかとから接地、身体を前に移動させながら足裏の重心も前に移動させていく……。

歩く。基本的に誰でもできることだけれど、美しく歩くとなるといろいろ大変なものですね。

レッスン中のエクササイズ・ストレッチングの折、胡坐座りしたときに骨盤が後ろへ傾き背中が丸まっていることを自覚しました。「胡坐では腰と背中は丸くなるもの」なんて思っていたのだけれど、講師先生の胡坐姿を見たら……、腰と背中がピシッと一直線!!

あら、おうつくしい;

これからは胡坐で座っているときも丹田に力を込めて、胸張ってお腹引っ込めて、りりしくいこうね♪

全身のストレッチ運動の中に腰を振る動作がありました、左右・前後・なめらかに回転。

そんなの意識して動かしたことない!!

こうかな？　よいしょ;……。こうかな？　よいしょ;

使ったことない筋肉・錆びついた神経を呼び起こす感じです。

ストレッチングでも……脚の筋の内側が張りつめていて、脚を開くって動作が思っていた以上にできませんでした。

課題がいろいろ見えてきます。

そしていよいよそのレッスンの目的であるハイヒール・パンプス。

ハイヒールのとき、体重は親指の付け根に載せる＝若干前傾が基本。ハイヒールじゃないときでも後ろ過ぎているもの、ハイヒールになったら言わずもがな。接地はつま先・ヒール同時だけれど、ヒールにはほとんど体重を載せない。とにかく重心が後ろ過ぎていたようです；

腰から歩いていくと女性らしく、足だけで歩くと男性らしくなる……、ってレッスン頂きました。

なるほどー……。女性と比べて骨盤の小さな男性。その男性が女性っぽくしようとしているんだから、モンローウォークとはいわなくても、大げさなくらいに腰を振って腰で歩く。そんな意識でちょうどいいのかも！

ヒールに体重を載せない＝基本はつま先立ち。後ろの脚を跳ね上げ気味に持ち上げて、跳ね上げた脚を反対の脚へすり合わせるように前へ持ってきて、クロスさせるように斜め前へ伸ばした脚のつま先からやさしく着地。そのとき後ろになった脚はキレイに伸ばすこと。自信を持って胸張って、ちょっと前傾気味に、ステージを歩くモデルさんになったつもりで。

考え方としては……。和装・着物の歩き方＝すり足、その対極・反対をするつもりでいいのかも。

動線は直線を意識して、目線を遠くに胸張って腰から前へ腰から前へ……。

前へキレイに伸ばした脚はつま先からやさしく接地やさしく接地……。

後ろになった脚もキレイに伸ばして伸ばして伸ばして……。

レッスンの断片を頭の中で呪文のようにグルグルさせながら、スタジオの中をあっちへこっちへ歩きまくります。

「……あ、こんな感じ？」

「あ、バランス崩れた；」

「ちがう、こうじゃない！」

「今の感じいいんじゃない？」


プロモデルさん向けのレッスンでは、裸足でヒールのように＝つま先立ちで歩くレッスンもあるんだって！

スタイルよく美しく見せようとしているうちに自然とかかとは上がり、その必然から生まれたスタイルのハイヒール。

そういう意識を持つことがなければ持つ必要もなかったことに感謝しつつ、すぐそこにあったのに今まで気が付かなかったハードルとの出会いを喜ぶmoyaです。


レッスンの仕上げに……って、レッスンしてくださった2人の現役モデルさんがmoyaの前後について、3人でステージウォーキング！

……スタジオの中だけどね、気分だけ。

前後に現役プロモデルさんがついて歩く……、そうでなくてもこれはその気になります！　目の前リアルタイムにお手本があることで。

「今のおしい！」
「そっか、このときには脚はもっと大きく動かしたほうがキレイなんだね！」
「今の感じ負けてないよね?!」

1歩ごとに新しい発見があったり、その一歩一歩が楽しくって……。スタジオの中をぐるぐると、一緒にたくさん歩いてもらっちゃいました♪

パンプスを履いて歩ける時間と距離が飛躍的に伸びました！

歩けなかった原因のひとつが、叩きつけるように力強く接地してしまっていたこと。靴音が高らかに響くそれは1歩ごとに足裏へダメージを与える歩き方、そうしてダメージを与え続けていればそりゃ歩けなくもなるよね；

歩けるようにはなったけれど、パンプス・ヒールのある靴はやっぱり靴擦れしやすいし、タコやマメができやすいし、スニーカーの歩きやすさと、パンプスを履く女性の大変さを改めて感じることができた気がします。

その大変さから……もしかしたら高いヒールの靴って、女性を従属したものとした動きを制約しようとする意図や、虐待のなごりかも……、なんて思ったこともありました。だけれどやっぱりヒールのある靴って、スタイル良く見せるためのものだったのですね。それは純粋にキレイに美しく在ろうとする美意識の産物。自信を持って高いピンヒールを履きこなしている女性が輝いて見えます！

最近ではウエッジソールやインヒールや幅広ヒールや……ヒール形状にもバリエーションが増えてきました。仮にピンヒールと同じ高さでも、そういう靴はかなり楽に出歩くことができます。ヒール靴の何が大変って、単純にその高さだけじゃなく、華奢で細いヒールの上に立つ危うげな姿って、慣れないとホントに危なっかしいですね。ww

ヒールのスタイルは捨てがたいしペタンコ靴の歩きやすさも捨てがたい、そんな相反する需要があるということなのでしょう。とってもよくわかります。

そのときのレッスンはミニスカートで受けました。プロのモデルさんはパンツスタイル・スカートスタイルはもちろん、スカートの丈によっても歩き方を変えているんだって！

ウォーキング＝歩くこと、それだけのことなのに、新境地にワクワク♪

美しく在ろうとすること……。なんでもそうなのでしょうが、奥が深いものですね。

Chapter 10

パラレルな風景

◆お手洗い

外出時のお手洗いは、ベビーベッドが設置されているような男女の区別がないところをよく使わせてもらいます。それがないときは男性用の個室を利用するのですが（女性用に入ったらそれは犯罪です！）、そこにどなたかいれば大抵驚かれます、親切な方は「女性用はここじゃなくてそっちですよ」と教えてくださいます。

その都度「男なんです、紛らわしいことしてごめんなさい」なんて、声を出せばそこで皆さん納得しつつ、笑顔で驚いてくれたりします。ww

◆視　線

moyaは、男か女かよくわからない風体が加速。それに比例して、第一印象が?人当たりが?良くなっているらしい……、そんな感じがします。

男女問わず、気さくに話しかけられる頻度が間違いなく増えました。

男moyaが人とすれ違うとき、先ず警戒されるのを感じます。moyaのような身体の大きな男性との悪戯なトラブルは特に避けたいもの。関わらなければ問題も起こらない。視界に入っているのは間違いないのに、男女問わず人と目が合うことなんてほとんどありません。

道行く女性に「かわいい」とか「キレイな人」とか思ってみても、その人はmoyaに興味を示すどころかmoyaなどいないかのように通り過ぎていきます。その瞬間にちょっと寂しさを感じます。

「女性が男性を不必要に一瞬でも見たり、ましてや笑顔を向けるなんて……。勘違いから悲劇や哀しみを招くこともある、やってはいけない行為！　警戒してしすぎることはない！」……女性にはそんな行動規範が、意識・無意識問わず刷り込まれているんだろうな……、なんて思ってしまいます。

取って食いやしないのに……なんて思いつつ、男としてソトミは決して悪くないと思うのだけれど、これじゃ物語も生まれないよね～……なんて嘆きつつ。

でもまぁ、そんな話も分からなくはないよね。目が合ったことをきっかけにナンパ目的で声をかけられたりとか、「なに見てんだよ！」……なんて凄まれたり。

面倒のタネを自ら蒔くことはないよね。

スカート男子なんて言葉はあるけれど、こっちの地元でそういう人を目にすることなんてまずありません。

moyaが女子っぽくなっても……いえ、男性としても大柄なmoyaでは女子っぽくなればなるほど身長や体格との違和感が強くなるのか、街を歩けばいろんな人がこっちを見ます。

そうして興味を示してくれる人はその9割以上が女性でした。最近ではこちらを見る男性の姿も多くなりました。それだけ女子力がアップしているということなのでしょうか。

警戒・緊張する気配無く、視界に入った途端こっちを見る人の多いことオオイこと！「この男スカート穿いてる！」なのか「背の高い女！」なのか、かわいい！・キレイ！・変！・なにあれ！……。その意思はわからないけれど、恐らく女性だと思ってこっちを見るのでしょう、ちょっと驚いた感じで「ナニモノ？」って視線を遠慮なく送ってくれます。

そんな視線を送ってくれる人と、目が合う頻度が当然上がります。男性はどうでもいいけれど、女性と目が合って「ドキッ♪」っとすることが増えました。そんな見ず知らずの女性が笑顔をくれることもあります。とりあえず笑ってみた……。そんな日本人的な対応というだけなのかもしれませんが。ww

通りすがりの店員さんが向けてくれる営業スマイル、その笑顔レベルも間違いなく上がり、応対はやさしく丁寧になりました。

moyaはそれをちょっと喜んでいます。

そして次の瞬間に気が付きます、moyaを女性として意識しているであろうこと。女性からは同性としての厳しいチェックを入れられているんだと感じることも多く、女性どうしの厳しい関係を見せつけられた感じがします。

女性レベル（?）が上がるにつれ、仲間と認められるのでしょうか、女性から話しかけられる言葉遣いが微妙に変わってきました。それはつまり、「一般的に女性は男性と接する時、少なからず構えた意識を持つ」ということなのでしょうか。

男moyaでいると、媚びるような気配を感じることもありますし、こちらを立てるようにしてくれているのを感じることもあります。女moyaでいると媚びるような気配を感じることはなくなり、タメ口で話せる対等な意識を感じることもあります。

moyaが女性化してきたことで、その構えがほぐれてきた……と。

気負いなく対等な親しみを持って女性と話せる機会が増えたこと、それを嬉しく思います。それと同時に、女性という立場と女性どうしという関係、そこにある厳しさが垣間見えてきたような気がします。

……なんだか気持は複雑ですね……。

こっちを見る目・表情も……。男性からは「お！」って感じの興味本位を、対して女性からは「ん?」って感じで瞬間にチェックする厳しい意思を感じます。それは光栄なことであり望むところでもあるけれど……。

moyaが憧れたような女性の笑顔・態度、それは男性だからこそ向けられたもの、感じ取ったものであったのでしょう。優しくキレイな女性の在り方……。そこへの憧れも、男性視点が多分にあったということのようです。

興味深いのは……男moyaでいるときにもこっちを見るお子様はたまにいますが、女moyaでいるとこっちを見る子はしょっちゅういます。中にはガン見してくる子もいます。男性と女性……、男性らしさと女性らしさ、まだそれほど意識していない頃だと思うんだけれど……。

人を見た目で判断しちゃいけないよ～♪　……って刷り込めるかも？　ww

女顔で出歩くと、人目を感じます。
男顔で出歩くと、自由を感じます。

女moyaが車道わきの歩道を歩いているとき、通り過ぎざまに意味なく車のドライバーと目が合います。あちこちから視線を感じます。どちらかというと好意的な視線なのを素直に喜んでいます。

男moyaが出歩けば、まず興味を向けられることはなく、通り過ぎざまに目が合うことなんてほとんどありません。気楽なものです。


キレイでかわいく在ること、表現としての女顔の喜び。

誰を気にすることもなく在る、囚われのない男顔の自由。

これも相対的なものなのでしょう、面白いものですね。


デニムのミニスカートで自転車に乗っていたとき、向こうから男性が歩いてきました。

何気なく行き違おうとしたとき、ふと気が付くとその男性の視線がmoyaの下半身付近で留まっています！

決して期待しているわけじゃないけれど、思わず「見えるかも!?」って見てしまう男の性《サガ》。

気持ちはよぉ～っくわかります。ww
わかるけれど、オトコって……。なんか哀しいものを感じちゃうよねぇ……。

イベントに、マスク（ヘルメット）をかぶって女性キャラクターのコスプレで参加した折。

マスクを外した姿で会場をうろうろしながら持って行ったムービーで撮影していたら、

「一緒に撮ってもいいですか？」。振り向くと、男性ふたりがカメラ片手にしていました。

「もちろん♪」ってOKを伝え、慌て気味にマスクをかぶります。

ひとり目……横に並んで記念撮影、ちょっと膝を折って身長を低くするのは礼儀でしょうか？　ww
次の瞬間、肩に手を回してきました！

はー、こんな感じなんですね。それがパートナーの腕だったら……図らずも、「肩を抱かれる」って感覚を味わうことができました。

ふたり目……前後に重なるように並んでの記念撮影ですが、後ろから両肩を抱いてきました！

げ；

なるほど……かわいい系の女性キャラクターっていうと、そういう扱いを受けることが多いってことなんですね。なんか微妙……。

女moyaでいると、ふとした折に……下着が見えそうなほどシャツをはだけたり……女性が見せる仕草にドキドキします。

男性の前……。少なくともそこにいるのが男moyaであったならしないであろう仕草も、女性どうしであれば当然有り得ることなのでしょう。

目の保養を思いつつも、ザンゲしたい気持ちになります；

しかし見えてくるのは目の保養ばかりでもありません。

女性という存在を楽しめていないない、嘆く話もそここに聞かれます。そんな情報ばかり発信・共有されるというのは、それが求められ引き寄せてしまうことでもあり、なにか歪なものを感じてしまいますが……それはさておき。ホスト役であるオトコの責任も見逃せないし、その力不足もあるのでしょうけれど。ゲスト役はその上に胡坐をかいていればいい……、そんなはずがありません。

ダンスだってリードする側とされる側がそれぞれに自律できているからこそ、素晴らしいコンビネーションを見せることができます。

そこに慮《おもんぱか》る意識は不可欠。


タップダンス教室に向かったmoya。

今回初めて見せるシャーベットグリーンのマキシスカート。レッスン終わって帰るとき、初めてその姿を見たみんなが思った以上に好意的反応♪

「そのスカートいいね！」

「顔がかわいいから似合うよね！」……。

かわいいの!?　ホントに!?!?

かわいいと言われて喜ぶアラフォー男ってのも微妙な気はするけれど、素直にうれしいし！

これでまた調子に乗っちゃいそう♪

その日は続けてK氏と合流。K氏もスカート姿のmoyaは初めて。「ええ？　moyaさん!?」たいそう驚かれた様子。ww
まず居酒屋に行ったら結構混んでて。でもお店の人もお客さんも「カップルはこっちこっち」って席を空けてくれました♪
「いえ、すみません。男ふたりなんです；」ww
その後2軒ほど、moyaは初めてのお店に連れていって頂きましたが、そのどちらでもたいした歓迎ぶり。
普通に男moyaだったら有り得ない、楽しい時間を過ごすことができました♪

初ナンパされちゃいました！

自宅近くの商店街に差し掛かったとき、路肩へ停まった軽自動車、その横に30代前半くらいと思しきお兄さんがいました。

普段その辺で路駐するクルマなんて見ないけれど、その辺に用事でもあるんでしょーねー……。なんて思いつつその横を通り過ぎようとしたら。

「ちょっとすいませ〜ん」

「はい？」（道でも聞きたいのかな？　わかることなら……）

「アソベル？」

「は？」（一瞬把握できず、聞き返すmoya）

「いや、だから遊べる？　……ってあれ？　オトコ？」

「あ、そうなんですよ〜。ごめんなさーい」

てててて一……って、振り返りもせずにその場を離れるmoya。

「はい？」「は？」のふたことだけで「あれ？　オトコ？」ってわかるくらいなんだから、声だけはmoyaも完璧に男らしいようです。

声も変えることができたらいいのにな〜。でも、ナンパしようと思うくらいの女子であったってことだよね！

……見た目だけ。ww

いつかそういうこともあるんじゃないかと思ってはいたけれど、本当にナンパされることがあるなんて！　……見ず知らずの男性から唐突に話しかけられる……。それは嬉しくもあり五月蝿くもあり、喜んでいいものなのか何なのかは本当に微妙な感じですね……。

そのときmoyaは８㎝のヒール付きショートブーツを履いていました、だから身長は１９０㎝近い、プロスポーツにでも誘われそうな女子。その男子は１７０〜１７５㎝くらいの身長だったので、まぁ世間一般男子平均、そのちょっと上のほう？　ってくらい。

moyaは完全に見下ろす形で、その男子は完全に見上げる形。

その身長差でも臆することなく声をかけてくるなんて、ある意味アッパレ？

あ、それだけmoyaがかわいいってこと？

きゃー♪

ます。

◆避ける黒服

夜の繁華街、そこには呼び込みの黒服お兄さんが……、中にはお姉さんもいらっしゃいます。

男moyaが歩いていると、「どぉお兄さん、かわいいコいるよ！」とか「おしゃぶりどぉっすか、おしゃぶり」とか、いろいろ声をかけてくれます。

女moyaが歩いていると、遠目に見た体格から男性だと判断するのでしょう……。さりげなく近寄って……。と……、近寄ろうとした瞬間、スカートに気が付くとかして女性だと判断し直して足を止め、moyaのことをその視界から完全に消すようです。

先日の呑み会にmoyaは黒マントを羽織っていきました。

体格を見て判断するのでしょう、黒服のお兄さん・お姉さんが次々近寄ってきます。ハッキリ顔の見える距離まで近づいた頃……声をかけてくるかと思いきや、ためらう雰囲気を伝えながら、通り過ぎるまでmoyaを見つめ声をかけることなく見送ってくれます。

黒マントをしっかり羽織って、首から足首まですっぽり覆っているのだからスカートも何も見えない、判断材料は首から上……。顔と髪型だけ。その女性らしさがさらにレベルアップしているようです。

最後までmoyaを見つめながら、「男性？　女性？・」判断できないって気配です。

平和な夜の過ごし方、おひとついかーすか？　www

◆「笑う」背景

職場で不意に話しかけてきた先輩男性社員Bさん、その横に立っているCさんとおふたりで楽しく話していた気配を感じさせつつ、その話の流れでmoyaへ話を振ってきたのでしょうか……。

「ほら、ここにmoyaの家族がいるよ～♪」1枚のスナップ写真を見せてくれました。写真にはCさんと見知らぬ男性、そのおふたりが写っています。

Cさんがmoyaの家族だなんて話を振ってくる理由がない。とするとこの見知らぬ男性に関してのこと？

でもまったく、見覚えすらない人なんだけれど？　Bさんはmoyaの家族構成だって知らないはずだし？・？

その雰囲気がどこかのクラブ・お店っぽくて、メイクがいかにもそれっぽいこの男性はゲイ、もしくはゲイバーに勤めている人ってことなのでしょう。その人とmoyaが同類と、moyaをいじって笑おうとする一環で話しかけてきたようです。その瞬間、moyaは強い嫌悪を感じました。

苦々しさを感じて心が総毛立ちしても、笑みを浮かべ、おどけて見せるくらいはmoyaでもできます。

「家族じゃないよ〜、moyaのほうがかわいいし〜♪」

moyaは何に嫌悪を感じているのでしょう……。

ゲイという嗜好・職業は好きでも嫌いでもありませんから、そういう人と一緒にされたとしても不快に感じるには当たりません。(最近じゃ本当にかわいく美しい人もいるし)とすると……。そうして人のことをとりあげて笑う、嘲りのいやらしさ・人をいじるということの思慮のなさ、それが嫌なのか。「ほーら仲間だよー」って、よく知りもしないのに人をイメージで分類しようとすること、それが嫌なのか。

どちらにしても、最近は「笑い」といわれるものが随分下卑てきましたね。「嘲り」「嘲笑」が基本のように感じます。

テレビという媒体によって広く持たれるようになった意識のひとつ、例えば若手芸人をいじり倒してみんなで笑う。大人みんなが笑う。そんな光景を見て育ったこどもはそれを当然として成長していきます。〝デスブログ〟なんて話題もありましたが、それは〝いじめ〟そのものですね。

たとえ自分が笑われていても、それを一緒に笑っていなければその場に、その仲間でいられない。

それもひとつの愛情表現・仲間意識の表れ、陰口として言うのではなく直接言ってくれている・嘲笑しながらバカにしながらでもそれを認めてくれている、そう思えばありがたいことに違いないのだけれど。

敬意もへったくれもなく、「人を嘲る・悪口を笑って言う」その感覚が普通に蔓延しています。恐ろしいことです。

人となりや背景を承知・理解したうえで笑うことと、その部分だけをとりあげて笑うのは違うものである気がします。

もうそろそろそこに「質」を求めてもいい気がするのですが……。

Chapter 11

現在位置

近年、楽しんでいることのひとつに女装があります。（……「女装」って、語感があまりよくないね；んー、「女性化」っていったほうがしっくりするかも。ww）

独男＝独り者の男としている時間・期間が長く、女というものを身体で感じたい！　身近に感じたい！　おっぱい恋しい！　と思った結果の今のmoya。

癒やしとしての女性像、それを自分に求めることができれば、とりあえず問題解決。まぁた姑息な手段ですね。ww

「女ならだれでも！」なんてわけもありません。（たとえそう思っていても言いませんwww）

ポイントオブノーリターン（帰還不能地点）はとっくに過ぎ、中途半端・宙ぶらりんな存在真っ最中。

Yahoo!トップページに「キレオ」なんて文字を見つけ、最近見がちなキレやすい男子のことかな～なんて思って見てみたら。それは「綺麗男《キレオ》」で、スキンケアや香りにも気を遣う小綺麗男子のことを指した言葉の様子。

美魔女って話題もあるけれど……。なんだかもう、それどころじゃないって感じです。ww

女は愛嬌・男は度胸……、なんていうけれど、moyaの場合は、その両方が求められるってことだね!?　……面白くなってきました♪

女子力が上がってきたと思う最近、気が付けば男子力も上がってきているようです。

ひいては「人間力」も上がっていると良いのだけれど……。

「ヒト」の「魅力」って、性別を問わず共通な部分がかなりあるんじゃない？　……最近そんな気がしています。

行く先々で皆さんから好意的な視線を頂けることが増えて、仕事と関係ない話を振られ

ることが増えました♪

「moyaって何？　おかま？　ホモの女役？　何になりたいの？　何を・誰を目指しているの？」誰彼となく、何度か聞かれた質問です。

はるな愛さんとかマツコ・デラックスさんとか……。そういう方たちがいてくださったから今のmoyaがあるのは確かな話です。道を開いてくださったからこそ、今moyaがおおっぴらに女装を楽しむことができます。女装・ファッション・言葉遣いや仕草にヒントも頂きます。といってそこを目指しているのかと聞かれると、どこか違います。

一般的に人は……特に女性は、より美しく在ろうとする本能的な衝動を持っています。「飽くなき美の追求」そんな表現もありました。

この衝動はそれに近しい気がします。

「かわいい」と思った人のファッションをまねしてみたり、「キレイ」と思った人の仕草をまねしてみたり……模倣は新しいことを始めるときには有効な手段のひとつです。そうして集めたものを自分のものにして、いつしか誰もがそれを越え、その先へ歩みを進めていきます。

もろもろ踏まえて考えると「女装家」と云われているものがいちばん近しい気がしますが、それはカテゴリーに過ぎません。それを通じて何を感じ取ろうとしているのか、何者で在ろうとするのか。ゴールが見えている、そんな簡単な話のはずがありません。

女性っぽいしぐさを意識してる？　……なんて聞かれることもあります。けっこう答えにくい質問です。

女性っぽいしぐさっていうよりも、それを見た人に不快感を与えない動作を意識しています。がさつで粗野でない、スマートでキレイな、丁寧でやさしい動作をしたいと思っています。

そうしたしぐさが女性っぽい……。結果としてそんな気はしています。ですがそれを自分から「女性っぽいしぐさを……」と言ってしまうと、男性っぽい動作を否定しているようです。

◆脅威と敬意

ネット環境ではもちろん、現実にも「moyaさんて、女性・男性どっち？」ときどき聞かれます。（声出せばすぐにわかっちゃいますけどね）

どっちでもお好きなように～♪　……って思うのだけれど、聞いてくるってことはどっちかはっきりさせたいのでしょうね。

それで何か変わるのですか？　……逆に聞いてみたいといつも思います。

moyaがその人の持つ女性・男性のステレオタイプや、そのものさしで測れない人間だったりするのでしょうか。

本能的な脅威（?·www）・興味を持って頂いているのは確かなのでしょう、光栄かつありがたく、嬉しいことです。

少し残念に思うのは……、「知らない」ということの幸せと、そこに感じるワクワク感、謎は謎としてその謎を楽しむ。……現代人に知らないということを肯定する余裕はないようです。


人間関係は敬意を前提にしたいと思っています、大人であれば性別・年齢関係なく。

だから基本的に丁寧な言葉遣いを心掛けます、例えばそのへんが女性的なのでしょう。

建設的に・論理的に結論を引き出そうとする、例えばそのへんが男性的なのでしょう。

◆見えない意図、感じる気配

moyaには性同一性障害の毛色があるのかもしれません。

でも障害や疾患の自覚なんてないし、悲壮感や被害者意識だってもちろんないし。ひとつの相対事象、その両方を楽しめている今がとても楽しく嬉しく、感謝の想いでいっぱいです。

男か女か、わからない人が増えてきました。いよいよ、人を見た目で判断できなくなってきました。ww

moyaは女性が好きだから女性化しているのだけれど。

好きで憧れる選手と同じユニフォームを着てその応援に行ったり。好きで憧れるタレントのマネをして歌ってみたり踊ってみたり。先生が好きで憧れて、そこから先生の道に進んだり……。

好きで憧れるものになろうとする・近づこうとする、そこに自分の姿を重ねて夢見るのはよくあることと思うのですが、しかし男女は憧れのままでいるのが普通のようです。

男性は女性が好きだから男に磨きをかけて、
女性は男性が好きだから女に磨きをかけて。
それは本能的なものなのでしょう、だから理由も何もなく、ごく自然な発想だとは思うのですが……、考えてみると不思議ですね。
それぞれに「好き」とか「憧れ」などと表現される意識・言葉、微妙に違うようです。

好きな対象・憧れる対象。それを外に求めるか、内に求めるか。

「憧れのあの人の近くにいたい！」

「憧れのあの人みたいになりたい！」

それはきっとどちらも自然なこと。

「好きな対象を自身に重ね合わせる」って自然なことのような気がするのだけれど、女性化・女装って趣味は異端です。

それに同化し一緒になって楽しむか、それを他人ごととして見ることを楽しむか。〝踊るアホウに見るアホウ〟それが可能であるなら〝同じアホならおどらにゃそんそん♪

しかし意識が幼く不器用な男性には女性的な所作をフォロー・コピーすることは難しくて、傍から見て明らかに変！　痛い！　気持ち悪い！　って心象が多く、また強いこと。

各地祭事に見ることができるそれらなどは「痛さ」「気持ち悪さ」を誇張・強調しているようにも見えます。それも異端視される一つの要因でしょうか。

moyaの女性色が濃くなってくるに従って、それを受け入れられない人って態度が変わってきます。男性からは社会的な否定、女性からは本能的な否定……。そんな気配を感じます。

つまり……。男性であれば社会的な視点から公衆道徳・一般常識を考えて、moyaを否定してくる気配を。女性であれば本能的な視点から敵対する違和感のようなものを感じて、moyaを否定してくる気配を。

世間一般的には間違いなくイレギュラー化したmoyaとの交流を歓迎してくれる人は、イレギュラーに立ち向かえて、人の外見云々ではなく・その人個人（その内面）を見ようとする……。そんな高い人間性を感じられる人。その人の身に受け入れ難い事態が起った時、人生のトラブルにその人はどう対処するか。端的に見えてくるような気がしてみたり。

あー、もっと単純に野次馬的「興味本位」、それだけって人もいるね。

こちらもより高い人間性を期待して……。その交流を嬉しく思いつつ、興味を持って対応してみれば、「ポイントはそっち⁉」なんて思ってしまったり。

そんな単純な話のわけもないけれど、サンプル数が増えただけ精度は上がります。

女装ってフィルタリングを通して得られる、素に近い交流。男女問わずに、moyaが女性でいる時のほうが素顔に近いものを感じさせてくれる、多くの交流。

図らずも、そんなメリットもあったようです。

そのメリットのために失ったもの……、男性としてのmoyaは残念？

既に人間のオスではないのかもしれません、しかしもちろんメスでもありません。失ったということよりも、そのメリットの方に計り知れない価値を感じます。視野が間違いなく広がりました。

そんなものに興味がない人は近寄ってこないだろうし、無駄な時間を節約できて（残念って思われるのも）いいんじゃない？

女装ってより高いフィルタリングになるかも♪（女装って……、語感があまり良くないね……。って思うのも、moyaの中に偏見があることを表しているのかも⁉）

◆女性と男性のいいとこ取り♪

女性は年頃になると花開くように輝きます。その輝きは見るものすべてを魅了します。moyaが女装・女性化するのも、そこへの憧れに他なりません。

しかしそうして輝く時期があることで、加齢による影がより強く意識され、自身に寂しさを感じたり。そういう言葉を投げかけられ理不尽な不愉快を感じることもあるでしょう。それにこども・出産を思う時、女性は年齢を考えないわけにはいきません。年頃になると、毎月女性であることを自覚させられます。人としての自覚と限りある時間、それは少なくとも男性以上に意識させられることと思います。

男性は女性ほどの輝きを見せる時期はないけれど、そんな理不尽な寂しさを強く意識することはありませんし、ホルモンバランスが崩れることもありません。加齢とともにより輝いていく方は男女ともにいらっしゃいますが、男性にはより多くそれを見出すことができます。

性犯罪の影が忍び寄ることもあるでしょう。罪といわれるものは概念にすぎませんが、一方的な仕業が幸せを産みだすものではないのは明らか。

見知らぬ中年男性がmoyaの後をつけ、マンションのエントランスまで入ってきました。

郵便受けを見た後で「君みたいな人タイプなんだけど」

！「いえ、男ですよ？（苦笑）」

「それでもいいから」

‼「ごめんなさい、そういう趣味じゃないので……」そう話したらその男性は行ってくれましたが。

認めてもらえたことは嬉しいけれど、郵便受けを＝部屋番号をチェックするなんて変に思う・不安に思うのは当然でしょうに、それをわかったうえでこうしているってこと?!　良くて愉快犯、悪くて……。。。

かわいくキレイに女性らしくいる、それだけでリスクがあるってこと?!　常にそういう緊張感を持たなくてはならないってこと⁉　中身が男だからって、無神経に過ぎたのかもしれないね……。

女性には自分の身を護るためにわきまえなければならないことがある……って、今さらながら気が付きました；　そこにもまた女性の不遇さを思います、何も悪いことをしたわけじゃないのに、なんでそんな寂しく哀しい思いを味わわなくてはならないの？　……って。

男女同権なんていわれてはいるけれど、権利や立場を考えると今のここではまだまだ男性のほうが有利。そして自由。

でも人間的には女性のほうが1枚上を……。精神面はもちろん、人間的な醍醐味は女性のほうが深いように思います。

……あ、そうか。そんなワク付けしてしまうことはないですね。

輝く女性を自身に投影し、今を楽しめているのだから、それでいいのでしょう。

行ったり来たりしながら、いいとこ取りでどちらも楽しむ♪（でもこのままじゃ父性・母性の喜びを味わえないですね、残念だけれどしょうがないかな？）

◆人が先？　性が先？

異性友達を否定する人って、何を気負っているのでしょう。

moyaの交友関係にも、異性の友達いるし。

異性として意識されすぎたから終わってしまった関係というのもありました。下心なく人としてその人に興味を感じて、その御縁・交流を喜び楽しみたいと思っていても、その人は会うたびにmoyaへ異性を見出し感じとり、そのたびに心の距離は遠くなり、やがてその交流は途絶えました。それを求めるにはmoyaがまだ幼かったのでしょうし、その人もまだ若かったのでしょう。

どの道……、永く続く関係ではなかったのでしょうが、それもやっぱり寂しいよねぇ……。


人間性の前に性を意識する、それが一般的な人と人の関係なのでしょうか。moyaは性の前に人間性を意識したいと思っていますが、そういう人は多くないようですね。

そうして頂けた御縁すべてが今も続く交流になっていたら、moyaの処理能力では到底追いつかないからそれでちょうどいいのかも。はかなく消える御縁があるからこそ、輝く御縁に喜びを感じることができるのでしょう。

諸行無常、始まりがあれば終わりがある、それが理《コトワリ》なのかもしれません。

女性化し、その完成度が上がるほど、男性・女性……そのどちらにも好意的に接して頂けるようになった気がします。


憧れたものに自分を重ね合わせ、憧れていたものに近づけば近づくほど、憧れは憧れでなくなります。そうして女性化するにしたがって、求める対象を失う寂しさも感じ始めているような気がします。

あとは性転換？　……いえ、そこまでする気はないかな。今、女性性の在り方をmoyaなりに楽しめているからね♪

◆同性ヅラ

moya初対面男性を挟んで向こう側に座った30代くらいのmoya初対面女性と（その男性とその女性は面識がある程度）、３人で会話をする機会がありました。そのときその女性がなにか微妙な空気を発してきます。敵愾心のような気のせいのような……。女性どうしの関係には「痛烈な皮肉の応酬を笑顔で交わす」、そんな交流があるとかないとか。moyaが男であるとわかった途端に女性からの視線がやさしくなったり。www

同性だからといって親しい関係だけじゃありません。男性だけ・或いは女性だけの集団ができると、そこには一種独特な、閉塞された空気が醸成されることがあるようです。

そんな空気でも問題がなければ問題ないのですが、問題が表面化しそうなとき。男性だけの集団にいる時はこの外見が中和剤になり。たまたま女性だけの集団に入った時は、中身は男性であると明かせばその空気を一気に入れ換えることができるようです。

過日……。ミニワンピ＋ニーハイソックス＋ローファーで出かけて帰ってくるときに、近所で時々お会いする女性「Kさん」に会いました。

「こんにちはー」

「こんにちはー、おつかれさまでーす」

その場は挨拶だけで別れ、自宅に帰ってまず着替えていたら、「ピンポーン」って来客を告げるチャイム。なんでしょう……と思いつつドアを開けてみれば、いましがたご挨拶したばかりのその「Kさん」。

「どうしても気になって伝えたくて！　ニーハイ履くならガーターベルトするのもいいですよ!!　セクシーなのだけじゃなくてかわいいのもあるし!!!」

moyaにチェック入れてくれていて、どうしても気になっちゃって仕事中だけど押しかけちゃった！　って気配。光栄ですね、うれしいですね♪

こういう格好をしているうちは、少なくとも「男を感じて男を求めてくる」ってことはないのでしょう、そうであればこちらもいい男を演出して格好をつける必要もない。

異性であればそこに素敵な異性という姿を求めてしまいがちだけれど、男・女そのどちらにも同性ヅラすることができることで、恋愛はとりあえず当然のように棚の上に置いておくことができます。異性ヅラに替えて異性友達でもいいし、恋愛を持ち出してもいい。

例えば男どうしで讃えあうようにハグしてもいいし、女どうしで親愛の情を込めたハグでもいいし、異性として情感を込めたハグでもいい。(moyaの体格では甘えるように・すがるようにはできないのがちょっとくやしいww)

それぞれがそれぞれに、しがらみや囚われのない自由自在な姿でOK。かわいらしい人の近くに気負うことなくいることができる。早い・若い時期にパートナーに恵まれていたら、異性を自身に求めるなんて到底なかったことでしょう(ね?)

うん、いいですね。
その基本は愛。

羊の皮をかぶった狼じゃないよん。ww
ごめんあさーせ♪

魅力と愛

Chapter 12

第二次性徴が始まるころから、【女性】というものへ憧れを感じるようになります。
百合・レズビアンへの憧れを意識し始めます。
叶わぬ恋です。ww

◆魅力と相対価値

体格・体力などの顕在力レベルは男性のほうが高く、生命力・精神力などの潜在力レベルは女性のほうが高いように思います。そんな能力を出し惜しむかのように、独善的に壁を張り巡らし、自分さえ見えていないような、居直り開き直りを見せる人。他力本願で自助努力を由としない、アイデンティティーの拠りどころに被害者意識があることを感じさせるような人ってとてももったいなく思います。

特にそんな女性には同性として……、なんてはおこがましいですね。同じ人間として、その時間と機会を『もったいない！　あなたはもっと輝けるはず!!』なんて思ったりします。

もっとも時間と云われるものは認識される変化に対し人間側が一方的に単位を付けたものに過ぎませんし、相対性理論や〝ゾウの時間ネズミの時間〟を持ちだすまでもなく一元評価・絶対視できるはずもありません。

それにmoyaの視野が狭いのかもしれませんし、限界に挑戦するばかりが由でもありません。〝汝裁くなかれ〟と、その尺度はそれぞれであって然るべきなのでしょう。

よく聞くステレオタイプのひとつに「女性は陰湿・男性は単純」というのがあります。同性どうしの関係を思うと、特に同性の友人が喧嘩している場面などを想像すると……。心理戦・舌戦に対する消耗戦・肉弾戦であったり、そのステレオタイプはある程度の的を射ているような気もします。その表現を変えれば、男性はハレの舞台＝神輿の上が似合い、女性は思慮分別に長けるということでもあるでしょうか。

男性には〝ハレ〟の・女性には〝ケ〟の、相対的な世界があるような気がします。

男と女、それは相対的なもの。

そっちとこっち。


夢見がちでお気楽能天気な外向き論理思考の男性、現実的で能天気じゃいられない内向き情感直観志向の女性（あくまで世間平均の一般論です）。

俯瞰《ふかん》・鳥瞰《ちょうかん》思考な男性と、近視眼的な女性（それには個人差があります）。

大きいと小さい・前と後・高いと低い・多いと少ない……。そんな区別はすべて相対基準。


人間の半数を占める男性。

女性が男性に魅力を感じる心理がわかりません。


世の女性は男性に何を求めているのか……。

私だけに特別な愛情を向けてくれる優しさ？　経済力？　共有・共感できる価値観？　包容力？　尊敬できる人間性？　ステイタス？　家事・育児へ共に向き合えるパートナー？　リーダーシップ？　逞しさ？　……。表面的な一過性の魅力＝ルックスはもちろん資産だの職業だの……比較優位な相対価値を求めるのも、その内面あってのことなのでしょうから、若気の至り・流行病みたいなものとしてアリなのでしょう。しかし今に至る多様性をＤＮＡ・遺伝子だけで説明できないのは明らかですね。

男として憧れを感じるような……素敵な男性もいらっしゃいます。ですが、傲慢な幼さを感じる男性もいらっしゃいます。そんな男性が張り子の虎であることくらい女性なら見抜けるでしょうに、そんな男性をかわいいとか？　それも程度問題でしょう？

能天気に過ぎる男性に魅力を感じる女性心理がわかりません。

近視眼に過ぎる女性に魅力を感じる男性心理もわかりません。

「自分の血を受け継いだこどもを産み・育てる」、女性にとってのそれはいつでもいつまでもできるわけじゃないし。決して打算のつもりはないけれど、「求められたから、この人ならまぁいっか」って感じ？　或いは反対に「この人となら既成事実を作っちゃえば」って感じ？

雰囲気・勢いに流されて……、そういうこともママありそうだけれど。そんな要求に応える・需要を満たすためには、それこそお気楽能天気な男性のほうが……、神輿の上が似合うような男性のほうが……。

その眼には男性的な男性ほど魅力的に映る……?!

あ、なるほど。話が繋がりました。それがすべてではないでしょうが、理にかなった道理のようにも思えます。

もちろん「この人のこどもを産みたい！」って思う方もいらっしゃることでしょう。さらに最近は「父親はともかくこどものいる私は勝ち組！」、なんて思う方もいらっしゃるようですし。人はそれぞれに自分の物語を綴っていきます。

そんな中でも特にわからないのが「年若い男子のどこがいいの？」か。

これはmoyaの年齢的なせいなのかもしれないし決して一概には言えないけれど、あどけない……どころじゃなく、幼い！　お坊ちゃんのような顔つきに、話をしようという気さえ起こりません。でも同世代女子には魅力的に映るのですよね？

それもミステリアスな魅力のひとつ、秘密を知って男子を好きになりたいわけでもない。きっとこのまま墓場まで持っていく疑問なのでしょう。

〝男は女に癒しを求めるが、女は男に癒しを求めない〟……そんなトピックがありました。

女は男のように、「安直」に癒し・安らぎを求めたりはしないけれど、そこに癒され・

安らぐ瞬間はあるよね。

それを書いたのはきっと男性のライターさんなのでしょう、言いたいこともわかるけれど、脚色し世論を誘導するマスコミ・マスメディアの功罪を思ってしまいます。


何事にも気軽さ・手軽さが求められ、ストイックな真剣さは敬遠される昨今。

……それって狭義の快楽主義？　放蕩者過ぎやしない？

例えば「自分に甘く人（他人）に厳しい」「自分をさておき人（他人）に物事を求めるばかり」……そんな人を見た時って、哀しくなります。

自分にないものを他人に求める？　そんな安直な！　せっかくの成長の機会・新天地を目の前にしてみすみす見送るなんて！　挙句の果てには求めた相手が求めたものをくれないからって不満を感じたり、時には相手を追及・断罪したり。もしかしたらそれってすっごい自己中?!


右側通行と左側通行だって、求められ定められたルールというだけ。決してどちらかが正しく優れていて、もう一方が間違って劣っているはずがない。すべては求める結果に至るためのプロセス・手段のひとつであることを思えば、「好ましい」と「好ましくない」

はあるのかもしれないけれど、「それは間違っている」なんて言える資格を持つ人なんてどこにもいないでしょ。

たとえそこに求められている結果が自己満足だったとしても（顧客満足＝愛する人のためのことであれば、自分ひとりで生きているのではないと思えば、自己満足ではあまりに味気ないと思うのだけれど……、それはさておき）、人は皆自らの価値観に基づき「正しい」と思ったことをやっているのに過ぎないのだから、自分と対象の意識・価値観が違うことに対して不満を感じるなんて傲慢に過ぎるんじゃない？

こどもが危ないことをしようとしている時に叱るというのならまだ話はわかるけれど、それでも怒る＝感情を爆発させる必要なんてこれっぽっちもないのに、いちいち怒る人ってどれだけ感情の沸点が低いというの？　怒ると叱るは違うというのに！

「怒る」って、認識する現実が自分の想いに・求める結果に適わなかった時、そこによく見られる感情と表現。相手を威嚇して自分の思い通りにしようとするような、とても幼いエゴイズムのようなものを感じます。

もういい加減に、その感情とその表現は必要ないでしょ！　……とまれ。

男女間・異性関係で考えるなら……男だからというだけで我が身を省みず女に求めたり、女だからというだけで我が身を省みず男に求めたり。もしかしたらそれってすっごい失礼なことをしていない？

……それじゃあ……って、他人に求めるのではなく自身に求めた結果でもある女装・女性化。自分を、女装・女性化を正当化するつもりはないけれど、moyaはそこに違和感もありません。

まだまだ知らないことのほうが多いmoya、だからこそさまざまな有象無象相対事象を感じたいと思っています。moyaは、女装・女性化もひとつの方法としてアリだと思って、そういう選択をしました。

2種類の性、古来さまざまな物語が語られ、これからも永遠のテーマとして語られていくのでしょう。どちらもが併せ持つ一側面、何が違う・どこが違う・そこが違う……。違いを強調して意識するのではなく、その違いを楽しめたら素敵ですね。

今在る環境でいちばんmoyaらしく、違和感のないmoyaで居られたらと思います。

男性性の云々・女性性の云々定義づけしてしまう前に、自然な在り方を満喫したいと思っています。

◆**愛の源泉**

好意を寄せる異性がいるのはすばらしいこと。そんな恋心・意識・意思はどこから生まれているのか？

社会的な打算として？

肉体の生殖本能として？

つまりＤＮＡの自己保存本能？

征服欲・所有欲……つまり我欲？

存在承認の要求？　……我欲か？

或いは？　……

好きも嫌いも人の縁……なんて思いつつ、その御縁の由縁を思うと……。なんだか百年の恋も冷めてしまいそうな、オママゴトみたいな気がしてきちゃいます。

こんなんじゃもうmoyaに恋愛はできないのかな……なんて思っていたある時、恋愛感情の本質を、唐突に理解しました。

男性女性問わず……「人を好きになる」という、その感情こそが宝物だって。

「愛」という言葉で語られる人の意思。好きだから好きとしか表しようがない愛情、自らに見出すその感情は絶対価値なのでしょう。

しかしそれを向けられた人は、相対評価しかできません。比べるものじゃない・比べられるものじゃないとは云うけれど、今のここで無条件に受け入れるのはまだリスクが大きすぎますね。「愛を語る」語りも多いようですし、マスコミの偏向もあるのでしょうか、愛の偏在を覚えるトピックは毎日尽きることがありません。……何かと比べてその価値を知ろうと・確かめようとします。

比較しようとする以上、対象を特定に絞り込む必要があります、愛する対象と愛していない対象。確かにそうして枠付けしたほうが愛というものを理解しやすいですね。

でももうそろそろ比較に頼らない、優越感などに満足を求めない。絶対評価を与えることができる「愛」、無私無欲に相手の幸せをひたすら祈ることができる「愛」、もうそんな頃合いでもいいよね。

その源泉は自らの中に。


全ては……愛である。

それはひとつの答えであり、一定の力を持つように思います。


それを前提として、……ふと思いました……

愛を入り口として、その奥？……というか。

愛をその1部として、その全体？……というか。

愛の向こう側があるんじゃない？


でもそれはきっと、今の私たちの感情・意識・感覚・言語とその語彙《ゴイ》では把握・表現しきれない。

愛と……全能感？　肯定感？　達成感？　喜び？　……

愛を累乗したようなことだろうけど、それこそ想像がつかない。

宇宙と呼ばれるものと、私たちを始めとして生体を形作っている細胞と呼ばれるもの。そのスケールが違うだけで、やっていることはとても似ている気がします。小がわかれば大も自ずと明らかに？　……、愛にもフラクタルな構造があるのなら、過小評価することはないですね。今ここで感じる愛をめいっぱい楽しみ、満喫したいものです♪

◆**愛と言語**

さらに愛というのはひとつの言語表現に過ぎません。LOVEよりは広いようだけれど、愛と言葉で表現したとたんに愛の枠にはめられてしまいます。

今その思いを人に伝えようとする時、伝えないまでもそれを考えようとする時、その手段は言語しかないことが切なく、また面白く。

そう考えるなら、やっぱり今のここはひとつの仮想現実で。今ここで愛と表現されるものを理解し実践し満喫するための機会で。

愛の向こう側への道しるべとして、自ら選んだ選択肢。……なのかも。

……しかもそれはおそらく同時進行してる。(同時？　……なんて時間概念がうざいww)

残念なことは……。言語化されない・言語化できないものはそれをそれとして理解・認識できないこと。

……そこでふと思います、価値・お金と云われるものもそうじゃない？　人間社会のひとつの柱で、それを用いて認識できないものは理解しがたい。

お金という道具と言語という道具、その類似は道具故か……。とまれ。

愛と表現したとたん、愛という枠がはめられてしまいます。その枠の中では「みんな大好き！」は通じません、愛を愛として表現するのにもTPOが求められます。言霊にとってその枠があることははたして是か非か。

moyaにとってのそれは……、男性と女性それぞれを了解したうえで、ひとりひとりが置かれた環境とその人の個性も加味したうえで、その状況において自分自身に違和感のない愛を表現する。それは恐ろしく高いハードル。日々の生活の中で悔いることは頻出ですが、愛さずにはいられません！

見返りを求めずただ愛する時。その時ほど自信と確信に満ちた思い、喜びに満ちた思いもありません。

愛を求める衝動は愛したい衝動の裏返しなのでしょう。愛に満ちた感情を抱く瞬間、思えば……何より生きていることに感謝する瞬間でもあると思います。

生きることは愛すること、それは何よりの自己実現。

どんな社会も環境もそれを実現する手段のひとつに過ぎない、スケープゴートに意識を奪われ、手段に興じすぎて目的と混同している気がして仕方がありません。

真摯に誠実にそれを当然に、愛を語ることができる。そう在りたいものです。

今ここに私という存在が過不足なく在る、あなたが健やかにいてくれる、それで十分ですよね。

◆結婚という戦略

生理的にオスは数多い種子を広く多く残したい意図から浮気性・メスは貴重な種子を大事にしたい意図に加えて安全な育児環境を確保したい母性本能から一途な愛、俗説にそんなことも聞かれます。ですがそれを大義名分にどちらかを正当化するのも変な話で、そもそも求めるもの・動機が違うという話に過ぎません。(そこに基づけば一夫多妻制というものにも意味が感じられます。比較優位な遺伝子を受け継ぎ残したい、そんな生存本能なDNAの意志には適うのかもしれません。しかしそれでは有性生殖の利点を生かしきれない、そこで多様性を意識して作り出すためにも一夫一婦制が求められ制度化されているということでもあるんですね。対症療法な結果論だとしてもさすがです!)。

性交・子孫を求めるのはヒトの生物的本能、感情を求めるのはヒトの唯心的本能。その両方を満たそうとする行為が「ハグ・SEX」。それを制度にしようという試みが「結婚」。

社会構成の基礎単位である世帯、それを行政が把握するために制度化された結婚、キリスト教の力を借りて愛という名のオブラートに包まれた社会戦略。誓われる永遠の愛、それは成長し変化していく人間を否定する足カセのよう。

誰でも変化・成長を毎日重ねているものと思います、日々の変化・成長を重ねて数年後には今のmoyaには想像もつかなかったmoyaがいたりします。今その時は恋の花が散ってしまったとしても時が経てばまた違う恋の花を咲かせようとするのでしょうし、千変万化・生々流転・川の流れは絶えずしてしかももとの水にあらず……、人は変わるものだということをわかっていてひとりを選び生涯愛するだなんて……、そもそも人を選ぶという行為が不遜な気がします。（そのセレモニーが持つ経済活動としての有効な一面は否定できませんし、資産形成を考えた時にその契約はとても有効な手段だとは思いますが。ww）

結婚されてから本当に友達っぽくなることができた異性の方もいらっしゃいます。結婚前は、結婚相手としての資格の有無があったのでしょうか。意識・無意識知らないけれど。「結婚」といわれる制度、私達の心にふか〜く刷り込まれているようです。

その愛が受け入れられるか否か、結婚するか否か、老後を一緒に暮らせるか否か……。階層の違いだなんだと、年齢差がどうだと……。そんなに条件が必要なほど自信がないの？　子育ての都合だ……社会制度の都合だなんだって……、例えば結婚という「制度」を煩わしく感じます。その「契約」には「お金」や「家」など、象徴的なものが多数絡みます。

それぞれがそれぞれを尊敬し、無私に相手の幸せを願う者どうしが一緒にいるのは自然なこと、変化に伴いそのベストパートナーが変わることもまた然り。

「何があっても一緒にいる。自らの自由を喪失することに臆せず、家庭を守り子を育て、幾多の風雪を乗り越えて生涯添い遂げる」

moyaの想いは、そういう素晴らしい方々が多くいらっしゃることへ甘えたものでもあります。しかしそこに息苦しさを感じ、嘆く方も多くいらっしゃいます。

そもそもそれは手段のひとつであって、どちらが正解・正しいのでは決してない。幸せの総和が最大であることを願い、ベストを尽くしていく。近視眼な評価は無用。

それしかないし、moyaはそれしかできません。

野暮に誓いを立てるまでもなく、moyaはあなたの幸せを祈り、愛しています。

Chapter 13

終章・在り方

いろんな意味で、女性・女性的ということの理解が深まった気がする最近。

いえいえ、「わかってきた」って言いだすこと、それがそもそもわかっていない証拠なのかもしれません。

それも森羅万象のひとつ。わかってくるほどに、自分の無知さを思い知るってジレンマ。わからないということがわかってきたと言うべきなのかな。それでも今のmoyaは、そのわからなさを楽しく思っています。

したいこと・やりたいことが山積みです！

ひとつの生体実験……、この興味と衝動も、彼岸と此岸・そちらとこちら・上と下・右と左……。あらゆる相対事象の同時リサーチ、その一環なのでしょう。そんな気がしました。

そんなmoyaがいるこの環境。この時代のこの時この地に生を受けて、今ここに在ることが何より最高！　とてもありがたく、本当に嬉しく思います。

ホルモン剤を作れるような技術があって、それを入手できる社会インフラがあって、そんなmoyaが胸張って出歩くことができる。

明日の住家と食事を心配する時があれば、何の不安もなく眠りにつくことができる時がある。

人のためであり、私のためであり、受動的であり、能動的であり。

一説には……ホルモン剤服用半年で、生殖機能異常を起こす可能性が既にある。のだそうです。

ということは……moyaなんて、半年どころかもう2年以上服用しているよね!?　既に子孫を残せない身体なのかもしれません。お父さんお母さん、ごめんなさい。

どっちにしてもその予定もないということで。ww

でもそれって、ミトコンドリアDNAの支配枠から外れた……、ってこと？　今ここにいるひとつの生物種、その有様をそのまま、一切のシガラミを受けることなく存在できるってことじゃない?!

ミトコンドリアＤＮＡ！　思い通りにはさせないよっ！　なんてね～。ww

とすると、moyaの生きる本能みたいなものはどこからきているのか？

あー……まぁ、ひとつの生物種として、生存本能みたいなものは動物レベルにきっと持っているのでしょーねー。

それは……、「父と子と聖霊」「霊と魂と肉体」三位一体といわれるうちのいずれかひとつ、その有力な情報ではあるのでしょう。

あとのふたつは果たしてどうしたいのか？　なんとでるか？

ブチ切れたＤＮＡが暴走したりして……www

幼いころは女の子扱いされることも多く、「男性」というものへ憧れを感じていました。「かわいいね～」なんて言われても嬉しくなくて、「かわいいじゃない、かっこいいだよ！」……なんて反論。

大抵は笑って流されたけれど、「そんな反論がかわいく映っちゃったりするんだろうな

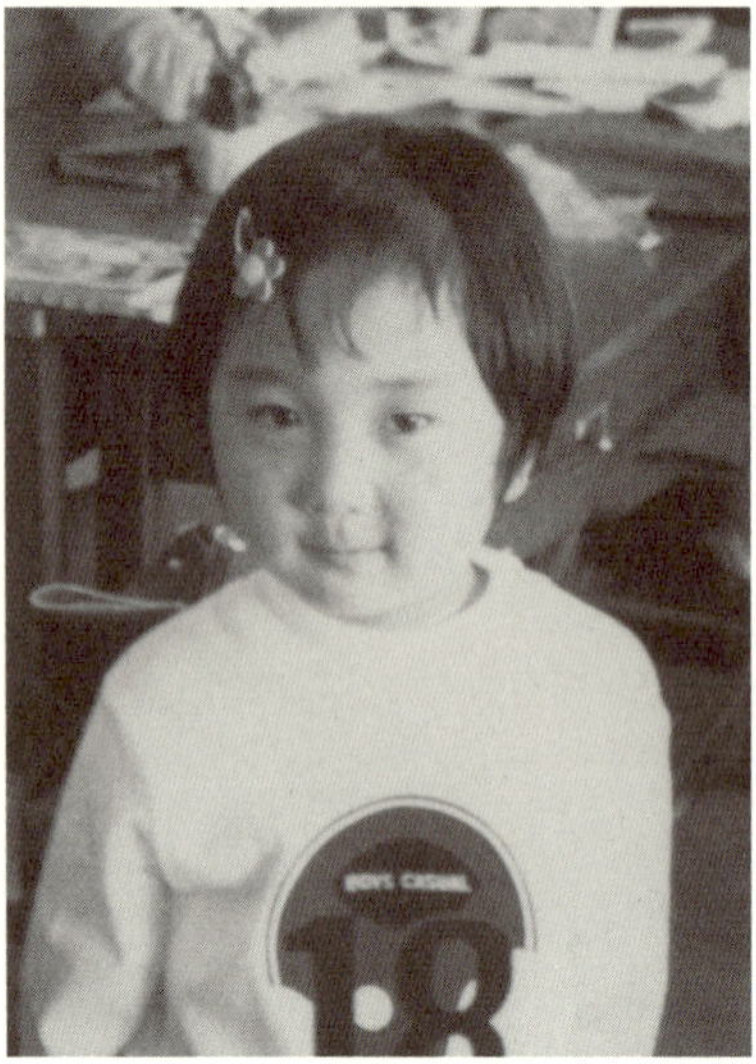
BOYS CASUAL

〜」なんて、悔しいもどかしさを感じていた頃。

振り返って考えると……。ある程度までは男性として自覚を持ち、社会的立場の自由を拝領し、それが整ってきたら女性として、その思想で自在を享受しようとしているのかな……とか。そう仮定してみると、moyaの想いに適っているようにも思います。

moyaがこどもの頃、女の子として扱われることの何がそんなに嫌だったのか……。男性的立場の自由、それを手放すことを本能的に恐れたのでは？　……何かとても納得できる気がします。

そもそも自由自在に在るのなら、女性であろうと男性であろうと……そんな違いなんて、万象に見る相対評価なんて、スパイスのひとつみたいなものなのでしょう。

優勝劣敗……。なんにでもランキングを付けたり、勝ったの負けたの小賢しい、相対評価をそこまで意識するってどうなの？　無邪気にそれを楽しむのも微笑ましいけれど、そんなことをしている間にやっておきたいことがあったんじゃない？　それにその相対評価はたまたま辿り着いたひとつの結果、つまり幻想にすぎないこと。

「人は持っている能力の1～3割しか使っていない」などとも云われています。つまり今その勝ち負け・相対評価を気にして比べあって競いあっても、顕在力の男性・潜在力の女性なんて言ってもそれは下辺1～3割どうしの初級レベルな話、言ってみればこどものケンカ。こどもが必死に自説を振りかざしている姿は微笑ましいけれど、その子が思っているほどそこに然したる意味はない。その経験から人を社会を情緒を感じ取り、経験を重ねていくことでその子の未来が幸せであることを祈る。それが親心というものなのでしょう。

〝そのお姿に似せて……〟というくらいですからきっと相当な成長余地はあるのでしょう。しかしその能力は高次元用であって、今のここでは生かせない・使いきれない、或いは使わないと選択・意図されたものなのかもしれません。

その人の今にはそれが必要・必然なのかもしれません。

マズローに尋ねるまでもなくいろんな要求はあって、いろいろ追い求め続けているけれど、どれも些事に過ぎない。

異性を求める本能（？）だって、自分と違うから求めているのでしょう。

でも初めから何も違わなかったのですね、外に求めることはなかったのですね、たまたま違う役割を「演じ」ていただけ。

「成長」だって同じこと、人が社会が経済が……成長発展していく。それは微笑ましく喜ばしいけれど、それも相対評価から得たひとつの結果……、つまりそれも幻想に過ぎない。

永遠の未完成だと思ってる?

常に完成しているでしょ。ww

今に満足することなくより良きものを求める向上心、それはより良き未来を想像し、より良き未来を創造する、そのエネルギーの源泉。

しかし今ここに在る奇跡を思えば、相対評価を気にするまでもなく、今の否定など意味がありません。より良き未来を目指した思いと行動、そこに失敗は存在しません。すべては経験、より良き未来への道のり。

足るを知ること、そこにいる青い鳥に気が付くだけ。在るがままに、何も気負うことなく。

せっかく今ここに頂いた機会と御縁、十二分に満喫していきたいと思っています。

自由な立場が安定してきたmoyaは今、女性として、また男性としての在り方を楽しむ余裕ができてきました。それぞれどちらの在り方も良くて面白くて、まさに甲乙付けがたい！

社会的には……、男性でいれば矢面に立つことも多いけれど、責任持って夜道を平気でひとりで歩けるし何かと優位だし。人間的には……、女性でいれば気苦労心労多そうだけれど、味わい深くて何かと有利で何よりキレイかわいいし。本当にどちらも良くて、なんだかもう笑ってごまかすしかないです。www

今ここでmoyaをmoyaと認識しているこれって何？　……自分を何者かもわからぬ者が、わかった風なものを言い。

人に求めすぎてしまったmoyaを感じます。何も求める必要はなかったのでしょう。目に映る諸行は無常なもの、何もしがみつく必要はなく、それを受け入れるだけだったのですね。

自分の無知さがわかってくるほど、そこで認識している「違い」というものがおぼつかなくなります。

今その「違う」って認識したことも……何がどれほど違うのか、考えるほどに「違い」

というほどの違いではないように思えます。

結局なんでも「求めている時が、実はいちばん幸せ」……つまり今すこやかに在ること、そのありがたさがいちばんの幸せなのかもしれませんね。

願わくば皆がもっと自由に在りたいものです、「考える葦である」ごとくに。「真剣」に「惰性」を生きる……。なんかそんな心境です。


そしてmoyaは、素直に在りたいと思っています。

そしてmoyaは、人がもっとわからなくなります。

わからないことだらけでも、女装・女性化の中でひとつだけ確信しました。

かわいいって正義ですね♪


……なんて思っていたら、「福岡市のカワイイ区に対して苦情」ってトピックがありました。苦情は「カワイイ女子を奨励していて男女差別を助長する」からなんだそうな。

その苦情を申し入れた人の頭の中では「かわいいとかわいくないの差別」は問題ではなく、それは「カワイイ区」であるのに「カワイイ女子」ってわざわざ類別を付けるくらいに「かわいい男子」の存在は念頭になく、男女差別を否定したいのか求めたいのかよくわからないですね。

それもひとつの才能として各個人がその能力を最大限発揮することよりも、手を繋いでみんな一緒にゴールすることが素晴らしいという発想と繋がりそうです。

そもそも形容詞を行政区名にしようってことが微妙な気はするけれど……。

正義の尺度は人によって違うんですね。

「かわいい」って嫌いな人はいないと思っていたけれど、そこに嫌悪感を抱く人もいるってことですね。いやー、勉強になります。


皆がそれぞれに自分を表現し恋の花を咲かせ社会を成立させてくれているからこそ、わき見することなく懸命に生きていてくれるからこそ、今moyaが観察者然として自由な思いを馳せることができます。

生老病死は命あるものの定め、何ごとにも囚われず生きるということだけにしがみつかず、老いも病も、死だって喜んで迎えたいと思うmoyaですが、今を生きることの大切さを教えて頂けたような気がしています。


年齢や立場等にこだわらず、星の数ほど頂けるいろんな御縁。moyaがmoyaであることと、皆がそれぞれに在ることを感じさせてくれる素敵な御縁。

男と女がいるからこそ、ひとりひとりが違うからこそ、それぞれが浮かび上がり輝きます。どちらが大事でもない、優勝劣敗でもない、多様性を皆が表現してくれています。

moyaを肯定し好意的な興味を持ってくれる人も、moyaを否定し嫌悪的な感情を送ってくれる人も。

moyaの中に愛を湧き出させてくれる人も、moyaの中に不安を湧き出させてくれる人も。

女性も男性も。みんな大好き！


この機会をくださった文芸社S氏・ご尽力くださったTさんをはじめ……、快く送り出してくださった所長T氏をはじめ……、一緒にお仕事をしたみなさんをはじめ……、公私に御縁を頂いているみなさんおひとりおひとりに……、今に至る中で御縁を頂いた皆さんおひとりおひとりに……。今この環境でともに懸命に生きていらっしゃるみなさんおひとりおひとりに……。飢えや渇きに思い煩うことのないこの環境に……、moyaにたくさんの機会を与えてくれて人の営みを感じさせてくれるこの社会に……、命を分けて頂く日々の食事に……。それらを育み芸術的なコントラストをみせてくれる地球に……、数学の面白さと物語の舞台とその基本である変化を与えてくれる宇宙に……、moyaを形作っている細胞という名の小宇宙そのひとつひとつに……、今私が認識するものしないもの、そのすべてに感謝したく。また、ありがとうと伝えたく。

博愛主義のつもりはないけれど、そこに相対価値なんてない。

なんでもない、それが当然って思うこと、それを言語化するのって案外難しい。
言語化されるものなんて、私たちが認識し想う事柄のごくごく一部。
今のここって、私たちが認識する・できることはごくごく一部。

困っちゃうけど、ワクワクして楽しいね♪ww

岡田快適生活研究所（ペニストッキング）――http://ok-lab.net/
アルゴンキン――http://www.rakuten.co.jp/algonquins/
ヒラキ――http://www.hiraki.co.jp/
ファンタスティックスタジオ――http://www.fantasticstudio.jp/
ユニクロ――http://www.uniqlo.com/jp/

スキンケアクリニック　054-254-5444――http://www.sc-clinic.jp/index.html
HANABISHI 静岡店　054-283-1129――http://www.rakuten.ne.jp/gold/hanabishi/index.html
EARTH 静岡中田店　054-280-3131　――http://hairmake-earth.com/index.html
アフロディーテ　054-260-7220――http://ntbj.itp.ne.jp/0542607220/index.html
Nグローバル　054-266-4345――http://nglobal-japan.com/

著者プロフィール
望月 泰宏（もちづき やすひろ）
1971年、静岡に生まれる。
多感な思春期を過ごして入学した静岡県立静岡高等学校定時制課程普通科、その卒業を機により強く諸行無常を思うようになる。
MCFAJ主催750ccオートバイレース1992年年間ランククラス3位やら、外傷性脳疾患による意識不明から生還やら、独学から開業した洋菓子店の話題からテレビ出演やら……。銀行から自己破産を勧められる多重債務な状況も正面からクリアして、自身を女性化させると同時に金融経済へ妙味を見出し生計を支えつつ、「今」を生ききろうとする42歳。

両性識有 男が男であり、女が女である不思議

2013年9月15日 初版第1刷発行

著　者　望月 泰宏
発行者　瓜谷 綱延
発行所　株式会社文芸社
〒160-0022 東京都新宿区新宿1-10-1
電話 03-5369-3060（編集）
03-5369-2299（販売）

印刷所　広研印刷株式会社

ISBN978-4-286-14048-3